新江西诗派书系

谭五昌 主编
吴光琛 邓涛 刘建华 副主编

在同一条河流奔涌

刘立云 著

江西高校出版社

图书在版编目（CIP）数据

在同一条河流奔涌 / 刘立云著. -- 南昌：江西高校出版社，2025.1. -- （新江西诗派书系 / 谭五昌主编）. -- ISBN 978-7-5762-5310-8

Ⅰ.I227

中国国家版本馆CIP数据核字第20244ZW842号

出版发行	江西高校出版社
社　　址	江西省南昌市洪都北大道96号
总编室电话	（0791）88504319
销售电话	（0791）88517295
网　　址	www.juacp.com
印　　刷	浙江海虹彩色印务有限公司
经　　销	全国新华书店
开　　本	889 mm×1194 mm　1/32
印　　张	7
字　　数	150千字
版　　次	2025年1月第1版
印　　次	2025年1月第1次印刷
书　　号	ISBN 978-7-5762-5310-8
定　　价	58.00元

赣版权登字-07-2024-746

版权所有　侵权必究

图书若有印装问题，请随时向本社印制部（0791-88513257）退换

"新江西诗派书系"编委会

主编

谭五昌

副主编

吴光琛

邓　涛

刘建华

编委（排名不分先后）

刘立云	程　维	雁　西	庄伟杰	杨四平	何言宏
邹建军	龚　刚	吴投文	孙晓娅	陈　卫	于慈江
张德明	路文彬	胡少卿	胡刚毅	大　枪	杨北城
龚奎林	舒　喆	王彦山	赵金钟	刘　波	罗小凤
陈小平	李　犁	晏杰雄	王学东	洪老墨	李贤平

新江西诗派书系

总序

2002年4月,时在北京大学攻读文学博士的我在江西赣州举行的谷雨诗会上,以一位青年评论家的敏锐与热情,在发言中大胆倡议创立新江西诗派,以合理继承江西诗派的衣钵,全面整合新世纪(21世纪)江西诗歌(新诗)创作资源,大力推动江西诗歌(新诗)的发展。未曾想到,我创立新江西诗派的倡议在与会的数十位江西籍诗人与评论家当中获得了热烈的响应与一致的支持。就在当年的10月份,由我主编的《新江西诗派》创刊号以民刊的形式问世,一下子推出了四五十位新江西诗派成员的作品,人气之旺盛,令我深受鼓舞,随后得到了诗坛许多有识之士的热情肯定与大力支持。更让人欣喜的是,"新江西诗派"作为一个诗歌流派概念很快被正式收录进百度词条当中。2012年,我联合一些江西籍知名诗人,编选了《21世纪江西诗歌精选》一书,意图总结新江西诗派成立十年来江西籍诗人们(以新江西诗派成员为主体)的创作成绩。该诗歌选本在江西诗歌界产生了广泛而深远的影响，由此凸显了新江西诗派成员们令人瞩目的创作实力。2022年年初，时值新江西诗派创立20周年之际，我萌生了编选"新江西诗派书系"的想法，意在对新江西诗派重要成员的诗歌创作成果，进行集中性的展示，以充分呈现江西作为一个诗歌大省在当下中国诗坛的地域性特色与独特的思想艺术风貌。我的想法很快得到了江西高校出版社的肯定与认可，于是我在2022年上半年便开始着手"新江西诗派书系"（第一辑十卷本）的组稿与编选工作。

这套"新江西诗派书系"（第一辑十卷本）集中推出刘立云、程维、雁西、吴光琛、大枪、邓涛、胡刚毅、王彦山、舒喆、谭五昌等十位新江西诗派代表性诗人的个人诗集。在较大程度上，这十位诗人的诗集呈现出了新江西诗派诗歌创作的群体风格、个性特色与美学格局。由于这套"新江西诗派书系"（第一辑十卷本）着力凸显流派风格与地域特色，可以预见，这套诗歌书系的编选与出版，将充分彰显其独特的审美艺术价值与可能的文学史（诗歌史）价值，从而获得当下中国诗歌批评界与研究界的应有关注与重视。

是为序言。

谭五昌

2022年10月22日深夜写于北京京师园

2023年6月13日改定于北师大珠海校区

目录

辑一　在同一条河流奔涌

火，或者赞美　003
铁，或者赞美　004
那些年，这些年……　007
在同一条河流奔涌　014
照亮瑞金那颗星星　017
元帅跋涉记　020
题雕塑《艰苦岁月》　023
紫荆关　025
杀戒　028
长津湖　030
高傲之心　033
一车土豆　035
金左脚　037
在心里养一只虎　039
那年在南愠河　042
雷场上的鹰　045

回到队列中　052

红其拉甫的不眠之夜　055

夕阳红　057

去看英雄山　059

长城脚下的板栗树　061

辑二　让我们怀抱明月

刹那　065

香水　067

我们与熊　069

我们与水　070

两个日本禅师　072

风入松　074

人迹板桥霜　076

燃灯者　078

时代的巨大隐喻　082

在梦里喊进喊出　084

成年礼　087

那年的姐姐那年的黛　089

四月穿过花雨——悼刘静　092

颈椎上的病　094

巨大的动物或事物　096

蛇　098

麻皮蟠　100

辑三　告诉你大地苍茫

只此青绿　105

再说青绿　107

辛追　108

建安十八年　110

过奥林匹克森林公园乌雅氏墓地　115

老县衙门前那条街　117

探花也是一种花　120

在用红绸和琴声再现的草原上　123

走进一棵大树　125

在一处仙境跋山涉水　128

喇叭沟门的黎明和鸟鸣　130

东湖绿道　132

诗人来到缙云山　135

嘉陵江在低处　137

去上林湖　138

水盏　140

南风吹　143

三水的荷　146

炊烟袅袅升起　147

天龙寺来回　149

在全南中学演讲　151

先人身怀怎样的谦卑　153

武隆山水　155

白洋淀千里堤　158

江南夜雨兼安慰向以鲜　160

胭脂沟　162

路过慕尼黑　164

在高密高铁站想起一件往事　166

辑四　刀尖上的舞蹈（诗剧《飞鲨从天而降》选段）

我们有一个梦　171

那些仰望天空的人　172

天空是另一种悬崖　174

兄弟，兄弟　176

望着那个背影　177

我称他们为战士　178

蹒跚的脚步声　180

每个人都是一个祖国　182

男人像一只蚌　185

心啊，你要坐怀不乱　186

大海，我来了！中国来了！　189

我的身体里大雪纷飞　191

爸爸！你不要吓我　193

有空给妈妈托一个梦　195

代后记　用诗歌触摸刀尖上的锋芒

——答《中华读书报》记者舒晋瑜问　198

辑一
在同一条河流奔涌

火，或者赞美

就像战争爆发
燃烧吧！让我们像恋人那样彼此靠近
像恋人濒死时那样
紧紧相拥

这是我们期待已久的事
我们在苦寒中的
卧薪尝胆
当我们说出自己是一棵树，一块石头
一块在冰冷中敲起来
当当作响的铁
一把火，让我们相互交出
身体里的黄金

还有什么不能燃烧？我们把自己
交给火，然后以火一样的
滚烫和柔软
抒情——诗歌就在这个时候诞生

2019年3月22日，北京南沙滩

铁，或者赞美

我们最初的履历这样记载：宇天苍茫
一段漫长的黑暗的混沌不清的时间
一山粗糙的丑陋的岩石
亿万年后，一把鹰嘴锤清脆地叩开它的寂静
把它像剥蛋那样剥开，然后机器
开过来，轰轰隆隆地挖掘
粉碎和冶炼，接着被投进熊熊燃烧的炉膛
按照一种意志，被反反复复冶炼

叮叮当当，锤子呼啸而至！锤子是
疯狂的锤子，凶狠的锤子
紧锣密鼓的锤子，如同暴风骤雨般
密集地砸下来；随之吼声和汗水
也如同暴风骤雨，一阵
紧似一阵。一天天就这般砸啊，砸啊，砸啊
直到把你砸得面目全非，体无完肤

所谓趁热打铁，就是趁着你已经被烧红

被烧软，趁着你的小心脏还在颤抖

你的双脚在剧烈地摇晃

你额头的汗珠像大雨般爆出来

你的思绪东拉西扯，斩不断理还乱

它便以泰山压顶之力

雷霆万钧之力，完成对你的打击和摧残

和大面积不由分说地侵略和占领

这个过程你光芒四射，绽放出美丽的

光辉。但这是虚幻的！不真实的

实际是你在发出惊叫

从喉咙里挤出恐惧、惊悸和虚妄

如同从阳光中挤出阴影，从石头里挤出水

这些都不是属于你的东西

把它们挤出去，是要将你的身体腾空

从此盛装伟大的不屈不挠的灵魂

锻打是痛苦的，让我们一次次眼冒金星

听得见血在胸腔里咆哮，骨头在

噼噼啪啪断裂，一个个日子有如竹节般炸开

锻打也酣畅淋漓，当我和同伴们在铁砧上

昂然站立，当我们长出三头六臂

这时再敲击我们的骨头

像敲山震虎，这时将听见穿云裂帛的声音

最初的铁和最终的铁其实是同一块铁

我庆幸我千锤百炼的履历

一路叮叮当当，总是在毁灭中诞生

2022年7月5日，北京南沙滩

那些年，这些年……

那些年天下是黑的，真正的一团漆黑

如同乌鸦的脊背。道路上横亘着

棘丛和狼群，有人疯狂地马不停蹄地追逐他们

把他们从湖南一直追到江西

是的！他们是一群仓皇失败者，一支

被打散的残破不堪的队伍

衣襟褴褛，色泽黯淡处沾着同伴的血

和自己反复喷射的血

许多人突然失踪了，许多人

倒在了密集如飞蝗的

弹雨中；剩下的人惊惶失措，且战且退

像一群在逃离中涣散的鸟

形势已十万火急，此时此刻他们

最需要，最最迫切的

是找到一个落脚的地方，隐身的地方

供幸存的人疗伤，喘息，痛定思痛

让队伍重新长出羽翼。而这个地方最好遥远又偏僻

四面环山，让四处追击他们的人

因鞭长莫及而望洋兴叹

因为山与山围拢起来，就是一座营盘

一座坚固的堡垒，退可以守

进可以攻；山里还必须有一片肥沃的土地

一把种子撒下去，即使撒在石板上

岩石的夹缝里，也能长出庄稼来

如果还有一片天地人心

朴素又善良，用来掩藏他们的足迹

温暖他们的肌肤，擦干净他们在冲锋陷阵中

留下的血迹，让他们的心

雨露滋润，他们年轻的既容易折断

又容易生长的骨骼

就会重新长出绿叶来，他们穿着草鞋

半是遮掩半是袒露的脚

就会唰唰唰，逐渐长出大树的根来

当他们走进湘赣边界，走进我的故乡

——那地图上标着的罗霄山脉

在一座座黄泥小屋前停下

隔着一扇扇门轻轻喊："老表！老表！"

奇迹就这样发生了！而所谓的奇迹

是说话间伫立在这片土地上的

每一扇门，每一扇窗

都为他们打开了，就像山脉打开河流

隔年的青草在寒风中打开春天

或者像我们母亲的胎盘

让一粒种子着床，从此她们用全部的骨血

滋养它，呼唤它们再次撞响黎明之钟

那些年

当我们那些打着赤脚，挽着两只裤腿

把头像鸟窝一样裹在汗巾里的老表

打开门，怯怯地走近这支队伍

实话说，这些胆怯的

坐井望天的人，他们并不知道这支贫穷的队伍

集结着中国最优秀的儿女，未来中国的

脊梁、江山、时代的主宰

但他们从士兵发黄的肤色，从他们

跟自己一样补丁摞补丁的

衣饰中，认出是自己的子弟，正为穷人打天下

从此便以自己的纯朴，自己的忠诚和慷慨

把家里的红米和南瓜拿出来

做他们的军粮;把山头与山头连接处的道路
让出来,做他们的哨口
把自己像公鸡那般正哑着嗓子
打鸣的儿子,送进他们的队伍
之后才有"山下旌旗在望,山头鼓角相闻"
才有"黄洋界上炮声隆,报道敌军宵遁"

后来,当老表们在水里火里,在漫天皆白的风雪里
跟着这支队伍走,我们看到的是——
"赣江风雪迷漫处""十万工农下吉安"
是"唤起工农千百万,同心干,
不周山下红旗乱"
再后来,当他们把村庄空出来,把房屋空出来
做这支队伍的战场,我们看到的是
"雾满龙冈千嶂暗,
齐声唤,前头捉了张辉瓒";是"雨后复斜阳,
关山阵阵苍。当年鏖战急,弹洞前村壁"
是"百万工农齐踊跃,席卷江西直捣湘和鄂"

是啊,在那些年,队伍出发,在他们身后
潮水般哗啦哗啦跟上来的,是给队伍

挖战壕的老表，抬子弹的老表

钉竹签的老表，隐藏在松树林摇旗呐喊的老表

那些年果真是"枯木朽株齐努力"啊

果真是"万丈长缨要把鲲鹏缚"啊

就是在这样热烈的觉醒中、踊跃中和振奋中

我们脚下这片土地也跟着炽热了

沸腾了，被熊熊大火烧红了

这边是"白云山头云欲立，白云山下呼声急"

那边是"赣水苍茫闽山碧，横扫千军如卷席"

…… ……

又后来，当这支队伍在苍茫夜色中，渡过

于都河，踏上前途未卜的征程

挑起子弹箱和文件箱，抬着沉重的印刷机、铸币机

上路，把尸体像枕木一样铺向北方的

还是这些老表；再有，在经历九死一生之后

在京城金碧辉煌的怀仁堂挺起胸膛

接受开国领袖骄傲地授衔授勋

最多的，也是这些老表

更多的老表留在了老区，把走不动的伤员

当儿子和女婿，抬回家

或者站在路边，往战士们的口袋里一把把
塞鸡蛋，塞从喉咙里省下来的
红薯干和豆角干。而他们的母亲和妻子
他们未成年的妹妹
则站在高处，喊一样地放声歌唱："哎呀嘞！
红军阿哥你慢慢走嘞，小心路上就有石头，
碰到阿哥脚趾头，疼在老妹的心呐头……"

30年过去了，50年过去了，80年过去了
你是否知道，我们曾经叫老表的这些人啊
在那些年，这些年，他们一脉相承
既是满山遍野的绿叶，也是一片片森林
既是红土里的一个个颗粒，也是由这些颗粒堆筑起来的
一座座山，一重重山；既是绿油油的
茂密的青草，也是一片片沸腾的扑面而来的原野

告诉你！那些年我们那些叫老表的人们
他们中的每个人，即使在这些年
也依然像青草一样卑微，像青草一样绿遍天涯
但即使是青草，他们也以弱小的生命

拥抱我们的祖国；即使是青草，他们也是我们赖以生存的水分，土壤，植被，我们高天厚土的大地

2023年3月15日，北京南沙滩

在同一条河流奔涌

许多年后我发现：越来越重的乡音
越来越清晰地回到我的诉说中
夏日多梦的夜晚，我总是反复梦见童年那座院子
院子里那树雪白的梨花
如今我年过花甲，走在路上我会突然停下来
站在那儿静静地听，静静地听
——听一条河流大音希声
在我的身体里流，在我的灵魂中流

什么时候我开始歌唱？用我热爱的
诗歌，用火一样燃烧的赤诚
我歌唱铁锤砸在钢板上，发出铿锵的声音
歌唱锄头砍向荒原，土地慷慨
畅开胸膛，献出甘甜的乳汁
我歌唱士兵把血英勇地洒在边境线上
那是我们的儿女，我们身上的骨肉啊
想起他们，我就止不住热泪盈眶

做一个诗人是幸福的,当我从远山出发

从县城走到省城,从省城走到京城

沿路上经过那么多地方

遇到那么多人:他们是在风雪中跋涉的人

在大海上乘风破浪的人,是修路的人

淘金的人,守边的人,炼钢的人

守在农贸市场收税的人,躺在医院呻吟的人

还有在黎明的天安门广场等待升旗的人……

我的诗就写他们!"我歌唱着他们的苦难,

他们的信仰,他们的希望,

我与他们一起经历了

我们所必须经历的一切"①

因而一个

羞涩的笑容,我们就能走进彼此的心灵

百姓至上!这是今天我歌唱的词汇,金光

闪闪。但我知道百姓在诗人心中

是神圣的,如同阳光、空气、水源和粮食

我们的再生父母。我相信我们一代代人

---

①诺贝尔文学奖获得者、捷克斯洛伐克诗人塞弗尔特的诗句。

经历的五千年，有一种基因如同血液
早早埋藏在我们的身体里；很可能有一组生命密码
等待我们溯流而上，去找到它的源头

我想是的是的！诗人有诗人的天赋，诗人也有
诗人的使命，就像天上的月亮照耀过唐朝
伟大的杜甫，也照耀今天的我们
大地的水土滋润过在这片土地诞生的先辈
比如王安石、汤显祖、文天祥
也让我们争奇斗艳，以热血映红自己的天空

而在同一条河流奔涌，在前面召唤我们的
是磅礴的长江，我们民族生生不息的血脉

2023年3月，应2023年江西省谷雨诗会邀请而作

照亮瑞金那颗星星

天上有无数颗星星;但无数颗星星

是多少颗?是数不胜数,是无限和无穷多

而能与天上的星星相比的

唯有恒河的沙粒,太平洋和大西洋的水滴

或者春天漫山遍野的绿叶

夏日的鸟鸣,秋天的果树上缀满的硕果

天上有无数颗星星,但你是否想过

最早照亮瑞金的星星

是哪一颗?

为什么是瑞金呢?这个问题耐人寻味

如同我们需要特别强调

一个地方区别于另一个地方;一片土地

区别于另一片土地;一群人的命运

区别于另一群人的命运;一个历史时期区别于

这之前和之后的许多个历史时期

20世纪30年代,一片红土聚集天下英雄

人们忽然发现,这个叫瑞金的地方

是一条河流的源头,一部伟大的历史话剧在此拉开序幕

而最早照耀瑞金的那颗星星

是点燃世界东方,从此照耀中国的那颗星

那是一颗恒星,一颗红色巨星!它闪闪发光

照彻茫茫黑夜,把那么多的人

从寒冷中暖过来,从迷途中召唤和牵引过来

然后红旗漫卷,映山红像一堆堆火那样燃烧

接着有更多星星穿云破雾

跟着它升起来,它们渐渐闪耀的名字

叫苏维埃,叫沙洲坝,叫云石山、大柏地……

瑞金人多么幸福啊!在南国一隅,他们

沐浴星光,最早迎来彤红的日出

后来人们发现,最早照亮瑞金的那颗星

就是我们在歌里唱的那颗,我们在心里

装着的那颗;也是多年后

在飘扬的五星红旗上,由众星捧月般簇拥着的

那最大的一颗,最亮的一颗

2021 年 11 月 3 日,北京

元帅跋涉记

紧赶慢赶还是天黑了,来晚了,伸手

不见五指。汽车穿过田野的时候

我还看见他高出群峰,最后一抹夕阳照在他

高高耸起的额头上,光芒灿烂;一头

苍苍白发,像芦苇一般倒向脑后

走到他的面前,我抬头仰望,却看不清

他的脸,他眼睛里汇聚的风霜雨雪

但见他的两只脚踩在大理石底座上

一只艰难拔出来,一只又深深地陷进去

"他一生都在跋涉。"我承认我对他

仰慕已久,知道这个伟大的乐至人

走过了太多的路:他从故乡走到上海

又从上海走到巴黎;然后从巴黎

走回上海,再从上海走到我们的省会南昌

之后,他和他的同乡,带领那支血色斑驳的队伍

上了山,紧紧握住那个高大的湖南人

伸过来的手。从此他走上生命中

最灿烂的一程。许多年后我诞生在这座山的

一道皱褶里，认得出他一路踩倒的
荆棘和野草。他大步流星地走过去
像河流一样，把荆棘和野草，悬崖和沟壑
把盲动、悲观、流寇思想和怀疑论
分开。最艰难的时候，他两手空空
身上只剩下被荆棘丝丝缕缕
撕破的一件单衣和一个乡村女子用客家风情
焐热的胸膛。但他没有倒下，尽管他
死去活来，一脚站在生命的这头
一脚站在生命的那头。可我必须赞美我故乡的
水土，它们是那样质朴，那样清冽
甘醇，那样义薄云天，一次次阻挡了他去黄泉
招旧部的道路。这个即使在逃亡中
在饥饿和困厄中，也仍然
挥舞十万旌旗斩阎罗的人，惊天地
而泣鬼神，一次次死里逃生，就用那双脚
那双既高于群峰，也高于我们视野
的脚，轰轰烈烈，荡气回肠
一脚坚定地踩下去，一脚豪迈地拔出来
然后，就以这个姿势，穿越江南水乡的
绵绵细雨，过皖南，走洪泽

战黄桥,登泰山而小鲁

最终他和他的战友,命令他们的千军万马

向孟良崮,向烟台,向莱芜和济南

最后向南京总统府,发起致命一击

如共工怒触不周山,"天柱折,地维绝。

天倾西北,故日月星辰移焉;

地不满东南,故水潦尘埃归焉"

而在这个冬天,我千里迢迢来到他的故乡

却天黑了,仿佛他不想让我看清他的脸

他眼睛里汇聚的风霜雨雪

只让我看他那双脚,那双苦难的脚

孜孜不倦跋涉的脚——他是要让我继续闻到

我故乡泥土的芳香,还是让我领悟

祖国大地给予他的恩典和慰藉?

噢,乐至乐至,我代表一片土地来寻访你

而我对他的拜谒与叩问

你只用他的一双脚,就给了我含蓄

但又意味深长的注释、解析和深深的启迪

2018年12月28日,北京

题雕塑《艰苦岁月》

误解给我们带来美丽想象

也带来深深敬仰。比如他们坐着的那块石头

是从乌蒙山崩落的,还是经历过

狮吼虎啸的大渡河水

年复一年的冲刷?

抑或被千里岷山的万年积雪

咔嚓咔嚓冻裂,身上布满寒武纪的擦痕?

当我们举手致敬,从那位长者的

笛孔里袅袅飘出的

旋律,是"抬头望见北斗星……"

腰间系着的那只椰碗暴露了他的籍贯

如果无须保守秘密

上面用红漆写着的番号会告诉你

他隶属光荣的琼崖纵队

是个老伙夫

他整天背着的那口用来煮番薯煮蕨根

也咕嘟咕嘟煮饥饿的大锅

被雕塑家省略了

而从他的笛子里吹出的,应该是风吹椰林的声音

和黎族同胞们围着篝火跳舞,哗啦

哗啦,踩响脚上铜铃的声音

趴在腿上的红小鬼肯定从未到过内陆

吵着要听一支江西山歌

或者沂蒙小调

他果真就吹了,听得那孩子如醉如痴

现在我们知道他坐着的那块石头

不是从乌蒙山崩落的,没有经过大渡河的

冲刷,也没有被岷山千里雪

冻裂。原来是海南岛

母瑞山上一块火山石

它整天湿漉漉的,爬满碧绿的苔藓

2022年11月13日,北京南沙滩

紫荆关

我看过七十年前的那张黑白照片

看过在城头上站着的那三个

八路军,他们何等英俊

和威武!就像三根旗杆笔挺地插在那里

就像三束阳光,融化了那年的

积雪、悲怆和深深的哀伤

我还看过那几个打扫战场归来的背影

肩负三八大盖和小钢炮,步伐

整齐,正向城下的门洞

走去,如同一条江河穿越群山

当然还有看不见的,它们隐藏在

照片的背面,时间的背面

比如血,总是往低处流

比如他们中有的人,此时此刻必须在山冈上

掩埋尸体。不!不是侵略者的尸体

对他们只能垛起来用一把火烧了

让他们死无葬身之地

而我们的战友，他们在战场上大片大片

倒卧，有的咬住敌人的耳朵

有的死死锁住敌人的喉咙

必须把他们分开，必须每人挖一个坑

小心安放，并在一块木板上仓促

写上他们的名字、籍贯和战死的时间

这时活着的人会对他们说：

安息吧兄弟！胜利后我们会回来的

胜利后我们会回来为你们

洒酒祭奠，我们还会为你们立一块碑

如果你的方位感足够好，那么请往

左边看，那里是倒马关；再往

右边看，那里是居庸关

如果你听见了哗哗的流水声

我要告诉你，那是易水，荆轲曾在那里

磨过剑。如果有一座峰峦挡住你的

视线，我要告诉你，它叫

狼牙山，我们有五个壮士，飞身

一跃，在那里跳过崖……

哦，就是这样！就是这样关与关相扣

山与山逶迤起伏。当春天到来

漫山遍野的紫荆花

疯狂盛开,这时你才知道

那是一朵朵喊叫的魂,喊叫的命

而肖然不动,在照片最深处站着的

是我们的脊梁,我们的太行山!

2015年5月16日,北京农展馆南里

杀戒

杀一个叛徒！他曾是我岳父的马夫

仅仅因为他喂马时被我岳父的马

踢了一脚，打落一颗门牙

而这个简单的人气急败坏，狠狠抽打了我岳父

那匹枣红马，最终被我岳父

抽了一鞭子，他就趁着黑夜逃跑了

投降当了伪军（俗称"二鬼子"）

殊不知骑兵连抓一个俘虏

易如反掌

如同乡村的孩子在田野逮一只蚂蚱

被绑在打谷场的系马桩上晾了三天

晒了三天，叫乔三的马夫

依然不承认他是日本人的狗

他请求我岳父说，是他糊涂了，鬼迷心窍了

看在他鞍前马后的分上

下手利索点，赏他一颗子弹

岳父亲手端来一碗水，一只手喂给他喝

一只手竖起马刀说，乔三你个

王八蛋，你个孬种，知不知道投降的可耻？

知不知道骑兵有骑兵的规矩？

接下来的事由不得你，也由不得我

得先问问这把刀，问问

台下的弟兄们。这时士兵们在台下喊——

日本人的狗，杀了他！杀了他！

又喊：连长，留我一刀！留我一刀！

乔三说：明白了，是我罪有应得，咎由自取

然后撕开上衣，露出胸膛上

一疙瘩一疙瘩的肉，说：来吧！来吧……

接下来的情节是暴烈的，我必须隐去

接下来我必须告诉你——

在骑兵连，赏罚分明

英雄有英雄的奖赏，败类有败类的归宿

2020年3月19日，北京

长津湖

他卧在那里。那个爱说"格老子"的泸州兵
那个赤脚踩过醅,那个闻着醅香
便听得见血液在身体里哗哗
奔流的来自四川酒乡的兵,他和他班里的兵
他排里和他连里的兵
卧在那里,像雪上再落下一场雪
保持大地的寂静,大地的白
并渐渐化为一朵雪,一团雪,一地雪

他们在狩猎,在狩着那些美国人、法国人
那些比利时人、加拿大人、土耳其人
狩着他们轰轰隆隆的坦克履带,他们
把积雪碾得嚓嚓作响的重炮
他们笨重的大皮靴。手里握紧的转盘冲锋枪的标尺和准星
在等待三点成一线的射线里出现的大鼻子

霜风浩荡!霜风从封冻的湖面刮过来
刮过去,像一群野兽在来回奔跑

那种冷是无法抵御的

那种冷啊，是剥皮的冷，椎骨的冷

血脉里仿佛漂浮着碎玻璃和薄刀片

它们一路喧嚣，一路横冲直撞

进而冻在那里，堵在那里，让摊开后再也收不拢的四肢

和搭在扳机上的手指，埋在雪地里

只露出两只眼睛的头颅

渐渐僵硬，渐渐变成积雪中的又一层积雪

变成亿万年前被一滴松脂收藏的昆虫

最后变成一块石头，一块冰冷的铁

他是他们班里唯一活下来的人

唯一在冲锋号声响起时，还能像大鸟那样

展开白披风飞翔的人。他知道

是假想的酩酊大醉救了他

是假想的投粮、制曲，假想的

晾堂堆积，回沙发酵

救了他；而假想中无数次的蒸煮

无数次的品鉴，让他埋在雪地里的一双脚

无数次踩在意念里暖烘烘的

酒醅中；继而让他的血管

在土地的精魂中,在他醉意沉沉的身体里

激荡和燃烧,如同点燃一把火

"如果上帝满足你一个要求,你最想得到什么?"

"给我一壶酒吧!给我一壶故乡的原浆。"

2019 年 7 月,北京南沙滩

高傲之心

穿上那套绿制服,你就有了高傲之心
仿佛山谷的空阔,就是为了让风
吹拂的;河床的蜿蜒和逶迤
就该用来奔腾和激荡;而坐上那辆运兵车
你果断地对自己说,你再也不要回来了
你从此是一个使命在身的人,四海
为家;从脚下走出去的这条路
只供回想和怀念;故乡作为一条河流的
源头,一口甘甜的水井,你只有在
渴了的时候,头脑发烧发热
需要镇静的时候,才被允许把桶放下去
打一口水喝;而县城那个白净,漂亮
风姿绰约,曾经用藐视的眼光
睥睨你的女同学,在人群中咳嗽了几次
你仍然心如止水,不把目光投过去
诚实地说,你真需要一个姑娘用来爱慕
但你明白,这个姑娘和你的未来一样
在远方,在你暂时还不知名的

某个城市的芸芸众生中；并且，她必须是
谦卑的，贤良的，有着你喜欢的那种
蛋青色的皮肤，愿意为你生儿育女
像爱护眼睛那样爱护你的脆弱的
自尊心；如果你成功了，如愿以偿地走进
你梦境中的那个房间，她会把你的荣耀
收藏在心里，在脸上绽开一朵散发出
淡淡香味的茉莉花……这时，车厢里
人头攒动，曙色从绿篷布的缝隙照进来
刺得你睁不开眼睛；透过光芒涌入
的这条缝隙，你看见前面的道路越来越宽广
视野越来越辽阔，天边的霞光越来越
鲜艳，越来越灿烂——你知道在那儿
隐藏着许多魅惑，许多的可能和未知
而这些，正是你想要的，你所痴痴期待的
许多天后，当你被布置在某个哨位上
你的名字被列入名册，是这支队伍光荣的
序列中，这个有着军师团营连排班的
集体，最小的一个颗粒，你知道你现在
站在哪里，哪里就是一个微缩的祖国

2019年3月16日，北京南沙滩

一车土豆

一车土豆。想到这个比喻他恶作剧地

笑出声来。就是一车土豆！他想

一车从山沟沟里刨出来的

土豆；一车虚头巴脑仍沾着泥沙的土豆

军车在盘山公路上跳荡，他一脚又一脚地踩踏油门

爬坡，一次次把车开进白云生处

沿途穿峡过涧，让车在悬崖与悬崖上飞

土豆们在绿帆布绷紧的车厢里

哗啦哗啦滚动，相互拥挤

和碰撞；头像乌龟那样从硕大的衣领里

小心翼翼地探出来。一泡尿

加深了十二月的寒冷。"必须憋住！"

他想，必须让他们知道天是冷的

军令也是冷的。还有铁

战争、火焰

苍凉的边关

此后的每个日子，都在冰面滑行

已经过去三个县了，五个县了

他还没有停下来的意思

他仍然一脚又一脚地踩踏油门

后来我才知道，那天当他一脚又一脚地

踩踏油门，同时在心里喊——

"土豆们，站直了，把小腹的那股凉气

提起来，提起来，提上丹田！"

四十年前，我是一车土豆中的一个

浑身沾满泥沙，在颠簸行进中

与另一些面面相觑的土豆

反复拥挤和碰撞。后来我才知道，他就是要让我们

拥挤、碰撞并翻滚，冷得打哆嗦

他就是要让我们那一张张土豆般

麻木、僵硬又胆怯的脸

憋得发紫，发绿

然后把小剂量的毒，从身体里挤出来

2018年6月15日，北京农展馆南里

金左脚

身体里所有的部位我独对我的左脚

心怀歉意,充满体恤和垂怜

我毫不吝啬地赞美它,把一生的荣耀献给它

我称我的左脚为

亲爱的,我伟大杰出的,金左脚

仅仅因为它承受着我一半的体重?

仅仅因为它肩负着我

跋山涉水

走过了我此生一半的路?

远不止这些。在此我必须告诉你——

我是一个当兵的人,枕戈待旦的人

在队列中,我立正,我稍息

我向左转,我向右转,我向后转

我齐步走,正步走,跑步走

我在边关的小路上走,在首都的长安街上走

在总部机关碰见将军比碰见路人

还要密集,还要多的大楼里走

在炮弹此起彼伏,如同礼花那般一簇簇

炸开的猩红的焦土上走

哪一次不是先出左脚,再出右脚?

我必须告诉你,这是一种法则,一种意志

一种条令条例里年复一年

日复一日地雷厉风行

和令行禁止。最后是一种自觉,一种下意识

一种本能的不由自主的

条件反射

如同迅雷不及掩耳,如同

我们扑闪扑闪的眼睛,突然遇到一粒沙子

如果踏进雷区,我忠诚而苦命的左脚

将先于我身体的其他部位,不翼而飞

2019年3月18日,北京南沙滩

在心里养一只虎

告诉你一个秘密:一九七二年那个冬夜

枪发了,领章帽徽发了,接下来

我便在心里养一只虎

养一只华北虎,一只华南虎

但我从不示人,从不暴露它陌生的面容

我查阅过资料:大型猫科类动物

毛色浅黄或棕黄。满身黑色横纹

头圆,耳短,耳背;面黑色;无固定巢穴;四肢健壮

而吼声如雷;虎头天灵盖的位置

天然长出一个"王"字。再有,它们每隔两三年

谈一次恋爱,正好与我的服役期相仿

在心里养一只虎,我知道我们的古人精通此道

比如秦始皇嬴政,比如霍去病,都这么

干过。再比如李广——

他把石头当一只虎来养,用箭一次次

射它,直到箭嗖嗖嗖射过去,怎么也拔不出来

我把虎养在我心里,是要让我的身体成为它的

栅栏、斗室和铁笼子。我带着它走向操场

和靶场,走进五公里越野途中

用壮心、雄心,剑胆琴心,外加一点点野心

喂它;用饥饿、干渴、晕厥和适当的残忍

喂它。即使喉咙着火,骨头稀里哗啦

马上要倒塌和散架,我也不把那个苦字说出来

还有更绝望的日子。那时我已成为野人,茹毛

饮血,被迫用剥去皮但还在蠕动的蛇

用送进嘴里但还在吱吱叫的老鼠

喂它;用土里的蚯蚓,树上的蝉、蜗牛,还未长出羽毛
的鸟

喂它。那时也没有水,天上和地下都没有水

我用舌头收集草叶上的露珠

岩石流出的汗和枯树背面的潮湿与阴凉

养在我心里的这只虎,终于饿得从我的喉咙里

蹿了出来,它威胁说,现在它能吃下一头牛

两年后我回乡探亲,像儿时那样躺在母亲怀里

我对她说:妈妈,当我一觉睡过去了

在我打鼾的时候,假如你听见老虎的吼声

假如你看见从我的袖管里

和裤管里,伸出浅黄或棕黄的指爪

假如你看见从我身后,翘起一根像旗杆一样的尾巴

你不要害怕,也不要惊慌

那只虎

是你的儿子我变的,是我偶尔现出了原形

2019 年 3 月 18 日,北京南沙滩

那年在南愠河

远山打着闪,南愠河的黄昏响起沉闷的雷声
"怕是要下雨了……"擦身而过的人说
不,那不是打雷的声音
是踩雷的声音,就是踩响地雷,你听轰隆一声
那么猝不及防,那么回声悠长
不知哪一方哪个士兵的一条腿,又被炸飞了

爆炸声是突然响起的,听着好像距离很远
粗心的人或者丢失耳朵的人
完全可能忽略
而我们面面相觑,不由自主地从草地里
弹起来,心像鱼饵被扯了一下
我们是我、阿石和阿丑——三个从北京来云南
采风和写诗的人(是的,这里正打仗)
傍晚我们来到南愠河边散步,仰躺在
河边的草地上,说着各自的苦
那雷就在这时响了
很孤单很悠长地响,猝不及防

如同有什么东西被砍伐了。层层叠叠的山
像烽火台,把声音一个一个传过来

这时我们看见河里漂下来一样东西
这是滇东南的雨季
四月的南愠河如同一匹野马进入它的发情期
河水负载着那样东西沉沉浮浮
像一条潜行的鳄鱼
时而把头探出水面,时而潜回水中
当我们终于看清那是什么东西
三个人目瞪口呆,惊愕得说不出话来

是一条大腿!一条粗壮的人的大腿
裹在军绿色的一截裤腿里
我们惊愕,是因为我们知道在南愠河的上游
有一座野战医院,当士兵们不幸
踩上地雷,然后再不幸被截肢
被截下来的腿便裹在一截裤腿里
浅浅地埋在沙滩上
等待下一场洪水,把它们带向远方

看见那条漂着的大腿,我们三个人哑口无言

在往回走的路上

从西藏边防来的阿石说:你还要什么呢?

四肢健全地活着,有多么美好

但在这个世界上,至少有人的一条腿没有了

2017年8月,北京南沙滩

雷场上的鹰

雷

战争结束了。颁布命令的司令部撤走了
步兵、炮兵、装甲兵和工兵
也撤走了。群山复归沉寂,一支队伍
仍埋伏在那里——它们被战争遗忘了
没有接到撤退命令;没有解除
武装与警戒,也没有收起已打开的寒光闪闪的刀刃
战争结束了,一支队伍它们每年
每月,每天,每时每刻
仍披挂钢铁的盔甲,火焰的心脏
在等待集结,等待呐喊
等待像虎豹那样,从草丛里呼啸而起

许多年过去了。许多年是日晒雨淋
的许多年,露浸霜染的许多年
许多年过去,它们散落在边境的山坡上
和密林里,像散落在泥土中大大小小
的石头,像农人们因战事危急

而放弃挖掘的

土豆或红薯，一个个锈迹斑斑

但它们拒绝腐烂，拒绝交出深藏的

雷霆、烈焰和深渊；却铭记

在春天发芽，在任何的一个季节里

层层叠叠，盘根错节，紧密地抱成一团

许多年又许多年过去，它们晨昏

颠倒，面目全非，彼此已认不出对方

但始终牢记战争还没有结束

它们作为一种战斗力的使命，也没有结束

因而始终保持攻击的姿势

始终咬牙切齿，怀抱命悬一线的杀机

它们埋伏在暗处，埋伏在

未来的某个让你

一脚踩下去，再也拔不出来的陷阱里

是的，我说的是地雷，战争的暗器

和遗腹子。它们埋伏在那里

深藏诡计，让平静的岁月危机四伏

鹰眼

他和它对峙。他知道它几十年了就这样

在泥土中,在漫长的沉寂中,期待中

蜷卧着,蛰伏着,有着自己的

心的律动。他知道在它的心目中,记忆中

战争仍在继续;而它的使命是必须

用一个人的命或他命里的残缺

为把它埋设在这里的

那场远去的战争,书写一篇血色后记

"又是一个诡计!"我说的他长着一双鹰眼

认出横卧在面前泥土中的是一枚

精心布置,却佯装被遗弃的

加重手榴弹。那是他像绣花那样,像考古工作者面对

一只古陶罐那样,用小铲子,小刷子

用渗出鲜血的十个手指头

轻轻地,掏开它四周的泥土之后

识破的阴谋。"是的!又是一个诡计!"

一枚加重手榴弹其实是一个诱饵

在它更深的泥土里,埋藏着更多

更凶猛的火焰(俗称"窝弹")

类似一只老母鸡孵着一窝小鸡

现在他想到:卧在泥土中的加重手榴弹

这只正在孵着小鸡的老母鸡

它是否察觉了他的企图?

突然的风吹草动,突然飞瀑般倾泻的刺眼的阳光

是否触动了它的神经?这么想着

他仿佛听见了老母鸡的打鸣声

听见它咯咯咯地叫着,通知它翼下的儿女

而小鸡们在蒙昧中纷纷醒来

纷纷用它们稚嫩的喙,在啄着脆薄的壳……

他,一个来自北方或南方的士兵

叫什么名字或当多少年兵了

并不重要;重要的是

此时他大汗淋漓,忽然有一种

暴雨将至的感觉。他相信

这种预感是有理由的,他相信在眼前卧着的

这枚加重手榴弹和它用身体

护住的藏得更深的窝弹,它们是

灵醒的,或许正进入

自己的思想、判断，以及时间轨道

也就在这时，他对他身边的

那个叫艾岩的战友

说出了那句话。他说："你退后，让我来！"

就在这时地雷爆炸了。真是一个诡计

巨大的声响，巨大的冲击波

巨大的泥土与烈焰的

炸裂、喷射和飞溅，把他的双手

把他三十八岁眼里的光明，也把他这个世界的桃红柳绿

在一瞬间，带走了

接下来的是黑，没日没夜的黑

无休无止的黑，无穷无尽的黑

歌

他们在唱歌，他们像席卷的波浪一样

像一阵阵吹过的风一样

手拉着手，在排尽地雷的山坡上

反复地走，反复地歌唱

他们是他的战友,他骨肉相连的兄弟

此时此刻,他们用歌唱的方式,用在自己的土地上

健步如飞的方式,用自己的生命

自己的热血,把蹚过的土地

交还给边地的人民

把和平年代

金子般的阳光,交还给亲爱的祖国

是一首新歌,我听不清他们在唱什么

但这无关紧要

因为确切地说,他们不是在唱歌

而是在喊歌(我们一生都是这么喊过来的)

他们要把聚集在生命中的

力量、胆魄、忠诚

把像岁月一样饱满,像江河一样

绵延不绝的血,喊出来

而我知道

他们喊着的歌,其实也是

他们的堑壕,他们的阵地,他们炮膛和枪膛里

旋转着的优美的膛线

他们的旗帜、号角和飞翔的子弹

你以为这些歌,仅仅是用喉咙喊出来的吗?
不!加入这种生命大合唱的
还有他们的一面面纪念碑,一只只塌陷的鼻子
聋去的耳朵;一双双截去的手,一副副
用拐杖支撑的残损的躯体
当然,还有他空空的眼眶里那永久的
黑暗,永久对光明的热爱、怀念和回忆

2019年7月4日,北京南沙滩

回到队列中

回到队列中我挺胸抬头，目视前方
身体像一棵树那样努力地往上拔
便听见脊梁在噼噼啪啪地响
像一根竹子被剖开了。当听到向右看齐的命令
不好意思，我甩头甩得慢了两秒
脚下窸窸窣窣，再用三秒才找到
自己的位置。但你是不是应该
表扬我？表扬我还那么瘦，还没有在
灯红酒绿中喝成啤酒肚
表扬我还能掩藏四十年的岁月沧桑？

接着齐步走，那相当于春天推动一条河流
一片波涛齐刷刷地往前涌
当一块石头溅起浪花，哦，对不起
那个在迟疑中与队伍拉下小半步的
又是我；那个被后来者踩痛
脚后跟的，还是我
那么追上去吧！我想我还能追上去

因为我还会使用小踮步,还会用两眼余光

把队列条例中的要领找回来

把在过去的岁月中与连队拉开的距离

找回来;并且还有力量扼住

命运的咽喉,把步伐控制在横与竖相交的

那个方位上,那个终生不悔的支点上

(实话说,回到队列里,我也想过

一个刚刚六十岁的老兵

我可能真的老了,我僵硬的四肢

我在嚓嚓行进中涩涩

转动的骨节,也应该擦点润滑油了)

那支歌就在这时喊起来了,大家

一起喊,一起热血沸腾地喊

声嘶力竭地喊。我们喊:团结就是力量

团结就是力量!这力量是铁……

哦哦,我多么地怂,多么地不争气

多么地掉链子,多么丢人现眼

因为当我在喊完第四句,该喊第五句的时候

卡壳了,忘词了,怎么也喊不出来了

啊不！我是被熟悉的旋律打动了

唤醒了，或者说劫持了

因为从这旋律中，我清清楚楚地听见

在比歌声更远的地方，有一簇火焰

在喊我，有一支枪在喊我

有一段汗水浸泡的岁月，在喊我

我知道，它们在喊我身体里的铁

喊我身体里的钢

它们就这样喊啊，喊啊

喊醒了一个沉睡四十年的士兵

2014年8月，新疆红其拉甫

红其拉甫的不眠之夜

我发誓要当一回英雄,在这个夜晚
以生命试水,以灵魂澡雪
大胆地睡在昆仑山上
即使厉鬼拍门,即使一万枚钉子钉进头颅
我也要像凿开一条路,翻动一块
石头那样,留下此生的记忆

然刚躺下,厉鬼和钉子们便踩着雷声的
脚步到来了:轰隆——轰隆——轰隆——
像崩塌十万座雪山,像一列笨重的老式火车
钻进大脑的隧道,反复冲撞和碾压
身体在一瞬间被轧成两半
一半被我按在床上,另一半却
腾云驾雾,在天空像一张纸那样飘起来

睡不着,就是睡不着。听得见心脏在
癫狂地跳,惊险地跳,仿佛笼子里关着的一只
红眼兔子,亡命地要蹿出来

血管里的血则露出哗变的迹象，疯狂

冲撞和奔突，仿佛群马挣脱了缰绳

睡不着啊！拿一根鞭子来抽打我吧，恐吓说

再睡不着，就把我扔进油锅里

煎炒烹炸，但那也没用，那也睡不着

那么数数吧，数冥想中漫山遍野的羊

我说：一只羊、两只羊、三只羊……

但有一个声音马上说：四只羊、五只羊

六只羊……我说：七只羊、八只羊

九只羊……那个声音又说：十只羊

十一只羊、十二只羊、十三只羊……

这之后，几百只羊几千只羊，奔腾而来

排闼而来，它们灵敏而纤巧的蹄子

嘀嗒、嘀嗒、嘀嗒……清脆、温柔

又精确，每一只都踩在我的神经末梢上

在这个晚上，我只好用来盘点我的一生

我想剩下的时间足够了

虽然一生太快，但这一夜还那么漫长

2014年9月15日，北京

夕阳红

我看见了那一切。我看见那些人
在我的警戒区内
那么急赤白脸,那么肆无忌惮

黄昏时刻,荒野上西沉的夕阳
红得像就要煎熟的蛋
琥珀般的光,给他们袒露着饱满得
临近炸裂的胸肌,镀上一层
黄铜般闪亮的釉
依旧是胆大的那几个,他们像
蛇那样缠在一起,他们
肆无忌惮,被欲望迅速打回原形

他们还应该哼哼。那是他们的
权利;其实也可以剥夺
但他们手无寸铁
仅仅无力抵抗身体的叛乱
这是在安全区,在对天敞开的浴室

天空也睁一只眼闭一只眼

我看见了这一切。那时我站在
像水塔般举起的哨塔上
隔着夕阳烧红的铁丝网
我坦言，我关于生命的教育有一小半
是在那个哨塔上
完成的。但我捂住了手里
那支枪的眼睛
我怕它忍不住发出咳嗽

2022年11月1日，北京南沙滩

去看英雄山

以老兵李为圆心,老兵戴和老兵刘

分别从南昌和北京出发

我们三个人在济南举行一场英雄会

南昌是这支军队诞生的地方

北京是这支军队到达的地方

三个人恰巧在英雄城当兵,是否有些偶然?

而作为兄长的老兵李,山东高密

人氏,莫言的老乡

最终落户济南;外加这里有一座英雄山

四十五年后,我们举行英雄会

济南,够不够成为我们靠拢的理由?

反正我们就靠拢了,反正在济南举行

英雄会,我们就老夫聊发少年狂

左牵黄,右擎苍,雄赳赳地上英雄山了

正值十月,漫山遍野的黄栌都红了

还有银杏,还有五角枫

都在争先恐后地黄和争先恐后地红

穿过层林尽染的树林,我们看见

有人在恋爱,有人在跳舞

几个老人裸着上身在单杠上表演大回旋

让所有路过的人眼界大开,仿佛

鲁提辖别了水泊梁山

回到民间,在那儿表演倒拔垂杨柳

英雄山在泉城济南的最中央

英雄山和山上的英雄纪念碑,像一只巨大的手

举起一只熊熊燃烧的火炬

当我们登上山顶,站在英雄纪念碑下

忽然感到我们也是熊熊燃烧的

火炬的一部分;我们站在济南的肩胛上

此时此刻,仿佛也在熊熊燃烧

当然,没有人注意到三个老兵

我们从英雄山开始

悄悄拉开了一场英雄会的序幕

2022年7月5日,北京南沙滩

长城脚下的板栗树

我称长城脚下的这片苍老的树林
这个明朝的板栗园
为国家粮仓
你同意吗？六百年前当它们背靠国家的边墙
被驻守在这里的军队
栽种，然后
它们饱满的果实，被用来做军粮

栗，粮食中的骆驼，在山石中跋涉
耐旱又耐寒，给它一条岩缝
一线风吹来的沙土
它们就能发芽，就敢往万丈悬崖上攀
往巍巍山顶上攀；开完花
便学习刺猬
用浑身的刺，牢牢抱紧甘甜的果实

被军人们栽种当然有军人的血性
勇敢，忠诚，坚忍
与阵地共存亡

军人们撤走了,几百年前就撤走了

把它们遗忘在这里,它们

依然年年开花

年年结果,等待军人们回来采摘

等待国家继续把它们

储藏起来

是因为那时的皇上说了备战

备荒;高筑墙,广积粮,缓称王?

这些被军人栽种的树,被称为

国家粮仓的树,东倒西歪

有的有八百岁了

有的七百岁,六百岁,五百岁

有的被雷电劈成两爿

有的三四爿;有的在生长中痛苦挣扎

扭成螺旋状的一身伤疤

有的干枯了

仍然以一副骨架屹立,坚决不倒

就应该这样!"老兵不会死去

只会慢慢地消失……"

2019 年 6 月,北京南沙滩

辑二
让我们怀抱明月

刹那

我迷恋刹那这个词；迷恋刹那世界
刹那芳华，刹那花开花落
有时我站在窗口眺望远方
迷恋刹那飞过的鸟，刹那飘过的云朵
恐怖的刹那有时也让我挥之不去
比如一个死囚听见拉动枪栓
在这刹那，他该身怀怎样的恐惧？

刹那是佛典的刹那，生灭和无常
的刹那。它有磅礴的胸襟
和剃度后被一寸寸
压制的欲望；刹那存在的姿势那么小
那么稍纵即逝，容易被我们忽略
就像一滴水滑出指缝
一粒沙回到沙尘，一个念头
若即若离，在突然间发动和寂灭

在大学的哲学课堂上我的老师
曾反复讲到芝诺和惠施

他们殊途同归。我的老师说额头明亮的芝诺

问他的学生:"箭在飞行的刹那

是动的吗?"

又问:"箭在每个时刻的飞行时间

处于绝对动还是绝对静止?"

我们被芝诺的问题问糊涂了

犹如惠施在魏国把他的学生问糊涂了

惠施说:"飞鸟之景,未尝动也。"

毫无疑问,芝诺和惠施都迷恋

一支箭或者一只鸟

在刹那的飞翔。而一支箭和一只鸟在刹那的

飞翔和静止,其实是

无数支箭和无数只鸟

在刹那的飞翔和静止

我承认,我也迷恋一支箭或一只鸟

刹那的飞翔和静止

迷恋一颗子弹从击发到最终抵达

经历的一个又一个刹那

2022年11月3日,北京南沙滩

香水

黯淡天空下,一团黑影比一只鸟飞过

具有更大的模糊性

和可塑性

一个女人就这样变得有迹可循

洒过香水的女人。现在她是一个

更具体也更抽象的女人

有如惠施的箭

它嗖嗖飞翔,是因为它一次次停顿

女人进了电梯,在快速下坠

女人穿过小巷走上大街

女人走进广场

而广场有无数的人,他们目光如锥

把女人剥得斑斑驳驳

但他们不知道

他们剥下的是女人身上的香水

有那么片刻女人走进路边的

公共厕所。到底是俗人凡胎

她需要借助一面镜子

补妆,捎带把脸伸进水龙头下洗一把

据说香水会给人们带来幻觉

就像广场上的人心里的女人

当她从厕所里出来

人们像失职的坐探,把女人跟丢了

2022年10月10日,北京南沙滩

我们与熊

与一头熊相遇,我为此虚构了

这头熊的庞大和笨拙

熊缓缓转身时

给我们带来的庞大的黑暗

那时正夕阳西下

大雁收拢了翅膀,万物卸下了

阳光赠予它们的箭镞

我们都是一些小兽

蠢蠢欲动

记吃而不记打,如果我们忘记

熊一掌拍下来

我们和万物将玉石俱焚

2022 年 10 月,北京南沙滩

我们与水

妹妹从小河里打回来一桶水
父亲像睡熟了那样躺在那里
他在变小
现在父亲是一个听话的孩子

村前小河里的水总那么忙碌
它们洁身自好，从容不迫
每天潺潺地流淌
到了冬天才腾出手来
揽镜自照。而冬天的水是有脾气的
它们窸窸窣窣地流
一路流淌
一路磨着身体里携带的刀子

河里的水对我们保持警惕
它们有足够的能力自卫
但水也有水的烦恼
譬如，水总是把我们洗干净

却总把自己洗黑，洗脏

我们什么时候能与水达成和解

父亲躺在那里

现在只有他知道

2022年10月9日，北京南沙滩

两个日本禅师

压制欲望还是被欲望压制?
这个上午我信马由缰
什么都不想干
是因为我五月渡泸,正深入生命的
不毛之地

什么都不想干是因为干什么
我现在都来不及了
只能虚度这个上午,甚至
接下来虚度一生
我由此获得了从未有的解脱
有一种从未有的恶毒的快感

譬如两个日本禅师
叫大山澄江的去看种田山头火
正值吃饭时辰
种田山头火把盛好的饭
递给大山澄江吃

"你自己为什么不吃?"

"我只有这一副碗筷。"

"饿了就吃,困了就眠。"
年老的种田山头火
对年轻的大山澄江这么说

2022年10月9日,北京南沙滩

风入松

你只知道风有舞蹈家的身段
只知道风曾经吹起玛丽莲·梦露的裙子
有那么点流氓无赖的狂野

我像童子坐在湖边的那棵松树下
呼啸的风携带着微凉吹过来
把我身后那棵松
吹成疯女人的一头飞扬的秀发

这风我用呼啸来形容还不准确
我必须说它是火焰般
灼烫的风,刀子般锋利的风
我发誓没有任何渲染和夸张
实际情况是,我那时坐在罗布泊岸边
手里握住我身后那棵松树
被风吹成的一块
仅剩下树皮模样的透明晶体

当然湖水也被吹干了，在这个

当年即使骑一匹好马

也要走一天，才能走到楼兰的大湖

我看见它硕大的湖底和头顶

孤零零悬着一轮烈日

如同正反两面扣着的两口锅

硕大无比，我将被红烧还是清蒸？

锅里的水早被烧干了，点滴不剩

我看见湖边一层层被水

抓出的暗红的指痕。原来水也有恐怖的时候

水也会发出绝望的哀鸣和呼叫

那年我五十岁，直到十八年后

我才从我的身体里

取出那棵松树的晶体，如同一个身经百战的老兵

从身体里取出一块弹片

2022年10月31日，北京南沙滩

人迹板桥霜

霜是削薄的雪,微缩的雪

抑或雪的先头部队

霜落在我眼前的这座水泥桥上

落在淤塞的河道里密密

麻麻簇拥的芦苇上

落在河两岸裸露的石头上

清冷,冰凉,细碎

我怀疑,那一层薄薄的白

是桥上的铁栏杆,桥下的青草

和石头,在一夜酣睡

之后,从身体里逼出的寒气

清晨的寒风是另一种霜

我们看不见它的白,它细小如粉末

的颗粒,也看不见它身插利刃

一路割手又割面

当我迎着嗖嗖的风在河边走

我感到我的头发和眉毛

在一寸寸地白,一粒粒地白

摸一把,窸窸窣窣地响

久违了,几十年后在小汤山

在名叫葫芦河的潺潺流水里

在摇荡的芦苇和河两边散落的石头上

我庆幸遇见了霜,它使我

突然感到时光凛冽

渴望变回一个内心清澈的人

2019年12月1日,北京小汤山

燃灯者

世间苍茫,拥挤着那么多的人
那么多的人熙熙攘攘
有时却让你感到
寒风料峭,春天姗姗来迟,仿佛总在远方
踯躅;那么多的人你来我往
有时又让你觉得
日月昏沉,天空总是乌突突的
仿佛笼罩着永远驱不散的
乌云、沙尘和阴霾
而当你走上大街,与人们擦肩而过
彼此的眼神如此散淡和冷漠
更让你感到一阵阵
悲凉,好像走进茫茫大沙漠

设想你是一名法官,高擎正义的剑
因而你是庄严和神圣的
就像迎着风暴
在天空展翅翱翔的鹰。但你也是

普普通通的人,平平常常的

血肉之躯。面对奔腾的急流和浊浪

难免忐忑不安,忧心如焚

比如当你打开卷宗,扑面而来的是

攻讦、陷害、贪婪、仇恨

无数的弱肉强食,坑蒙拐骗

和刀光剑影——你如何分辨一颗心

在什么时候长出了草,一个曾经

纯洁无瑕的灵魂

在何时何地被溅上了污泥浊水

而此时此刻,时代的列车在轰隆隆

前进,呼啸而来又呼啸而去

我们每个人铺在内心的枕木和路基

将发生怎样的震颤

和摇晃,怎样的坍塌和崩溃……

在无数个夜晚,历数无数张陌生

而又模糊的面孔,你必须刨根

问底,穷首皓经,不知不觉便走到了

法律的源头,人们思想和行为

的源头。大脑里电光石火

这时一定会闪过"同理"这个词

对,"环球同此凉热"的"同"

"道理"的"理"。你说:是的是的。

每个人生下来都是一张白纸

都一样的善良,幼稚;活泼,天真

学校的言传身教,家庭的耳濡

目染,还有阅读、思考、回味

渐渐地让你有了爱美之心

向上攀登之心,同情弱小的恻隐之心

这就是"同理"。说到底是一个人的良知

根本,在漫长的生命旅途中,渐渐

散发出灵肉之光和人性之光

——这是生命的燧石,岩石中隐藏的

金子、玛瑙、翡翠和玉

必须切割它,敲打它,摩挲它

让它闪烁!像在严寒中点燃一堆篝火

或者说与生俱来,每个人的心里

都有一盏灯,一盏隐形的灯

可以照亮黑暗;一盏指示未来

的灯,将把我们一步步引向

光明的顶点;而我们作为人的存在

就应该帮助人们擦亮这盏灯

点燃这盏灯，让它永远不被狂风吹灭

诗人就是这样说的——

"每个人都对各自的自我绝对忠实，

每个人都向对方洒去淡淡的光芒。"①

做一个燃灯者！让我们互相点燃和照亮

这是一件快乐的事情

2020年1月21日，北京

---

① 引自华莱士·史蒂文斯《罗曼司的重演》。

时代的巨大隐喻

我在可以反复回放的视频中看她落地
我看见她像一只鸟那样伸展翅膀
在天空从容地飞,优雅地飞
又像秋天的一片落叶,在风中自由自在地飘
还像骑扫帚的小魔女,她骑着那把
发光的扫帚,飞向远方
把我们扔在不知所措的目瞪口呆中
当镜头对着她和天空,天空蓝得一碧如洗
仿佛故意不让她与云朵混淆

然后我们看见了那两根气势磅礴的烟囱
那四个胖胖的,被某位"聪明"先生
怀疑为核电站的冷却塔
我骤然变得严峻起来,因为我想起了
工业朋克这个词,想起了公元前一万年
被大洪水淹没的亚特兰蒂斯
我曾目睹那座钢厂的大拆卸和大搬迁
我知道两根烟囱和四座冷却塔

作为遗存，已成为一个时代的巨大隐喻

我看见她背对着我们落地，跳台最后的斜坡
稳稳地托住了她，就像托住一朵雪花
她微微下蹲很快便站直了
滑雪板带着她哗哗地向前走，如同识途的一匹马
驮着她回家
啊啊！恐惧顿成云烟，属于她的时代开始了

2022年2月11日—14日，北京南沙滩

在梦里喊进喊出

最后决定胜负的一跳！她调整好
姿势，从容不迫地往下冲
接着往上，再往上！就像一颗炮弹射出炮膛
然后搭乘一股旋风，直插云霄
直插她无数次憧憬的那个梦境

几十秒的瞬间，她翻腾，旋转
跳最难的谁也没有跳过的难度
然后以自由落体的姿势，从天
而降，如同一个骑手
稳稳地落在一匹正奔跑的马背上

万众欢腾！高音喇叭在喊她的名字
电子屏幕在反复播放她的名字
但她刚完成惊天一跳，刚穿越天堂和地狱
返回大地；她紧张到几乎要
绷断的神经；她的
听觉和触觉，还有对这个世界的判断力

都处在关闭状态

不过她看见人们在跳跃,在欢呼

在拼命摇动国旗,却听不见人们在喊什么

欢呼什么;她有些惊愕和恍惚

在慢慢恢复的知觉中,隐约

感到,有一件与她相关的事发生了

考德威尔是她的美国对手和朋友

金发碧眼的自由式滑雪姑娘

冲上来对她说:"桃桃,你是奥运冠军了!"

并把她紧紧地搂在怀里

她泪流满面,也紧紧抱住考德威尔

然后触电般松开,然后梦游般地

在雪地上走,在雪地上呼喊:

"我是不是第一?我是不是第一?"

现在她听见了,她听见所有人在回答:

"你是第一!你是第一!你是第一!"

这天的比赛是在晚上进行的,这个

叫徐梦桃的人,她从俄罗斯索契

跳到韩国平昌，再跳到中国北京
用日思夜想的 16 年
为这枚金牌舍身奋斗，身上伤痕累累
比赛结束后一遍遍哭，一遍遍喊：
"我破世界纪录了！我创造历史了！"
"我终于在家门口赢了！"
……　……

梦也有正反两面吗？这个梦想成真的人
此时此刻已经分不清
她到底是醒着还是睡着，到底是在梦里
还是梦外。她就这样一脚梦里一脚梦外
在似梦非梦的梦里喊进喊出
认识她的人都知道，在她的心里有一个堰塞湖
现在需要泄洪，需要一次痛快淋漓的崩溃

2022 年 2 月 15 日，北京南沙滩

成年礼

还有三天他就十八岁了,都说他是单板王
他可以用这天在冬奥会获得的
单板滑雪大跳台冠军,用这项第一次属于中国的荣耀
作为献给自己的成年礼

他说不,即使他就要站上最高领奖台
即使他从此成为热爱冰雪,热爱这个项目的孩子们的
新偶像,他也应该懂得感恩,懂得
把姿态保持在谦卑的位置

因为在领奖台第三名的位置上站着
马克斯·帕罗特,这是他从小崇拜的偶像,他心中的
英雄——此人还是淋巴癌患者,此时
已经接受十二次化疗。他站在
或者不站在这里,都必须向他脱帽致敬

这就是我们看到的一个十七岁的孩子
当他站上领奖台,他没有忘记把颂词献给祖国

献给教练,献给他敬仰的每一个人

接着他邀请亚军挪威人蒙斯·勒伊斯韦兰
季军、他的偶像加拿大人马克斯·帕罗特
从领奖台走向观众席
向自己指出的方向,深深地鞠了一躬
他告诉帕罗特和勒伊斯韦兰
两位他的兄长,那儿坐着他的父母

我是两个男孩的父亲,看到这个场面
我热泪盈眶

2022 年 2 月 16 日,北京南沙滩

那年的姐姐那年的黛

黛是一个湖的名字,在北碚
在缙云山。小小的一个湖
野天野地,没有任何
装点和修饰,如同一块未经雕琢的玉
佩戴在缙云山胸前;如同青春
绽放的姐姐,把她的青葱岁月
佩戴在山上的那座果园

小小的姐姐和小小的黛湖
她们相互眷恋,是一首歌的两种唱法
一首诗的两种写法

是很久很久以前的黛湖了
也是很久很久以前的姐姐
那时她们都年轻
都漂亮,都有缙云山鸟一样的歌喉
缙云山云卷云舒般的憧憬

那些年的姐姐和那些年的黛湖

朝夕相处：姐姐在山上种果树

黛湖守在她必经的路上

清晨姐姐上山，让她掬一捧清水

洗她细瓷一样的脸

傍晚姐姐下山，帮她洗赤裸的像藕一样

白嫩的双脚，洗她肩头上

挑土担肥挑出的红肿和疲惫

那时青山如黛，青春也如黛

姐姐和黛湖手足情深

他们相互映照又相互记取——

黛湖收藏姐姐的汗水和泪水

姐姐收藏黛湖的梦

然后悄悄把它们写成诗歌

最美的一首诗，叫柠檬叶子

春去春来十九年，风风雨雨

十九年，黛其实是姐姐的

另一个名字

如同她的诗

是美丽黛湖的另一个名字

2020年11月7日，重庆北碚

四月穿过花雨
——悼刘静

怎么会是你呢？在四月，在这个开花的月份
当我穿过五棵松那座过街天桥
穿过满视野盛开的白槐花、白梨花和粉白相间的海棠花
穿过从槐树、梨树、海棠树上纷纷飘落的
槐花雨、梨花雨和海棠花雨
去送你，我仍然一遍遍地问——
这个人，怎么会是你呢？怎么可以是你呢？

除非我们一群人在大街上走。我们一群人
是与你相亲相爱的人，相知相守的人
也有陌生的你从未谋面的人
这时一条狗追上来了！这是一条疯狗，它丧心病狂
众人吓得魂飞魄散，向四处奔逃。但你却
站了出来，勇敢地迎上去，你说：
大家走吧，放心大胆地走吧，我来对付它

还有一种可能，是上帝派你来卧底，因此你
轰轰烈烈，张灯结彩，集侠女、豪女

才女、烈女于一身；有时不惜充当

"疯女"、"魔女"和"败家女"，为亲人和朋友千金散尽

你伶牙俐齿，仿佛身体里长着

另外一个器官，另外一套语言系统

你就用这个器官，这套语言系统

告诉人们，爱是一种祭献

爱一个人，就要爱到乾坤颠倒，不离不弃

四月初还冷啊！四月初的树叶还没有完全

长出来；四月初的花是在寒风中绽开的

是树的骨头开出的花

你看它们开得那么热烈，那么隆重

那么粉身碎骨。我相信这是一种暗示，承载着我们对你的

痛惜和托付。四月穿过花雨去送你

我看见纷纷扬扬的槐花雨

梨花雨和海棠花雨，为你一程程铺路

让你雍容华贵，坐上马车像盛装归去的女王

2019年4月2日，送别刘静归来

颈椎上的病

我醒着,我颈椎上的病也醒着
我们对峙已久,各自像忠诚的士兵
蹲守在两边的战壕里
战争每一轮都是对方以偷袭的方式
展开;每次都是我先饮弹倒下
这时我感到天地翻覆,双腿
绵软无力,像踩在云里雾里
四处是深谷断崖,内脏仿佛有无数道堤坝
在轰然坍塌,无数股急流在溃散
眼冒金星、翻江倒海地
呕吐之后,我把自己按在床上
不动,也不思想
等待一潭被搅浑的水,慢慢沉淀

一年中,我已经是第 N 次沦陷
频率越来越高,节奏越来
越短促,天地翻覆的程度越来越猛烈
如今我都不敢仰望天空

不敢把头抬得太高,或垂得太低

有时走在路上突然电闪雷鸣

风雨大作,我必须抱住一棵树

或抱紧一块石头,才不至于

被虚幻中的洪水冲走

或者一脚踏空,坠入万丈深渊

我看过一本书,书中说所谓的病

就是你觉得身体里的某个部位

尖锐地存在,以致成了你生命中粗暴的独裁者

难怪我总感到我的颈椎部位

藏着一块冰,有时又像

一副生锈的轴承

转动时,发出吱吱嘎嘎的声音

2020年8月16日,北京南沙滩

巨大的动物或事物

黄昏时我们进山。黄昏时
我们背着竹筐并在竹筐里
装上火钳、铁钩,以及打草惊蛇的棍子
黄昏时我们脚蹬
草鞋,去会见一只大动物

首先是我对语文老师说起那只大动物的
我说上午我跟村里人进山掰竹笋
在峡谷里看见那只大动物
实际上我看见的是它的一堆骨头
好大好大的一堆啊,我比画着说,一根根骨头
堆在那里,像打碎的一座石膏雕像

我的语文老师生长在更深的山里
懂得鸟语花香,长年裸露的脚
踩在岩石上,有鸟一样的
抓力。他实际上听懂了我说的大动物
是一堆骨头。但眼睛里

依然光芒四射

我被他吓住了。我说：也许是一堆

牛骨头。他说：可能吧，也许不是呢

天开始用一只巨大的布袋装起远山

我们一步步往那只布袋里走

天把我们也装进了布袋

我们点燃松明火，手拉着手，把黑夜

这只大布袋，烧出一个大窟窿

绝非第一次，山里总有些巨大的事物

让我们着迷并孜孜

不倦，就这样一次次往山的怀抱里钻

2019年10月22日，北京小汤山

蛇

蛇是凶狠的,阴险的,霸道的
集合起所有的欲望
因此他饲养的
这条蛇,现在是他的网
他延伸的手,他锋利的铁钳、铁叉
同时也是另一个他

水戽干了,露出滑溜溜的一个洞
蓄满水;他自己却不去
掏那个洞,他让蛇去掏
他在洞口张开鱼篓:请君入瓮

蛇溜进洞里,先是静悄悄的
接着水开始轻轻地
缓缓地晃动
突然晃动的水剧烈起来,浑浊起来
汹涌澎湃起来,你死我活起来
一股一股地往外涌

发出哗啦哗啦被驱赶的声音

然后,大大小小的鱼

一尾接一尾,鱼贯

而出,乖乖地落入他的鱼篓里

是一些长胡子的鲇鱼

每一条都是两根胡子

先出来,然后是扁扁的看上去

有些沮丧的嘴

一副无可奈何的模样

最后是它们的爷爷,一条

胡子最长的鱼

一路咳嗽,眼里满是泪水

2020 年 4 月 17 日,北京小汤山

麻皮蟑

我在阳台上读诗,它在硕大
而又光滑的钢窗玻璃上
从这边爬到那边
然后再折返,从那边爬到这边
时不时地,它爬着爬着,便"啪"的
一声,掉了下来
但它并不气馁,再次往窗口爬
再次从那边爬到这边
从这边爬到那边
仿佛那是它的工作,就像读诗
是我的工作;就像此时此刻
我必须把手里这本诗集
和写这些诗的人读懂
找到为这本诗集说话的一条路

又"啪"的一声,它再次掉了下来
掉在阳台正中
这让我惊奇:这个小东西

它什么时候爬到天花板上
去了？它想干什么？
它的工作就是这么不厌其烦
无休无止地打搅我吗？

或者说，它只想爬到高处
看清我也是一只虫子
一只巨大的虫子
在密密麻麻的字里行间
攀爬，等待我也像它那样
"啪"的一声
从假想的半空掉下来？

它还要往玻璃钢窗那边爬
我找来一张纸，把它
按住，再把它包起来
之后狠狠地踩它一脚
只听"啪"的一声，一股臭味散发开来
我把纸包打开，它坚硬的壳
瘪了，溅出一滴血
像我们的血，一样的鲜艳

我拍照发给诗人兼昆虫专家李元胜

问他这是什么东西

他斩钉截铁地回答:麻皮蝽

2020年7月6日,北京小汤山

辑三
告诉你大地苍茫

只此青绿

只此青绿,剩下的它们已在
时间中隐身……

是宋人的青绿,也是唐人
汉人和秦人的青绿
你看得见和看不见的风
吹过来
层层叠叠的峰峦
峰峦上的树木,还有从天空
雨点般落下的鸟
和峰峦下静若处子的
江河,以及那些小小的在江河上
泛舟饮酒的古人
身子一齐往后仰,然后
又轻轻地弹了回来

咿呀青绿!你是让人陶醉的
青绿;是蒹葭苍苍

"不废江河万古流"的青绿

人都活在青绿里

它可以让你在十八岁成为一夜昙花

也可以让你在十八岁

默默死去

从此,名垂千古

对着这片青绿

你可以喊醒十八岁的王希孟

2022 年 11 月 2 日,北京南沙滩

再说青绿

山冈是古人用身体堆起来的

盼望雨水洗干净他们的前生今世

他们的善恶忠奸

而时间终将把剩下的分开

坚硬的成为石头,柔软的成为泥土

山冈就这样长出了花草和树木

离世的人们就这样跟花草和树木

纠缠在一起,生长在一起

庄重的时候,它们被称为江山

浪漫的时候,它们被称为青绿

天地无恙,英雄只赢得三两炷香火

唯有青绿让我们一代代人折腰

2022 年 11 月 5 日,北京南沙滩

辛追

他们像剥香蕉那样剥着辛追

像剥笋那样剥着辛追

他们剥开两千年层层叠叠的泥土

剥开深埋在黄土里的

石拱,棺椁,沉重的乌木棺材

又剥去她身上裹着的

丝绸和麻

和融进她肤色的月光和朝露

脸色还那么鲜嫩,眼睛甚至

还眨着,毛茸茸地觑着

突然星月般崩溃而来和倾泻而来的光

它静得掀不动她眼里的

涟漪,湖里再也盛不下一滴雨

她的另一个名字叫见光死

那些两千年仍活着的丝绸

仍活着的麻,活着的编织及编织在

丝绸和麻上的

红牡丹、白芍药、绿孔雀

栩栩如生的藤蔓和叶片上的瓢虫

露水。它们活过两千年后

在一瞬间燃烧

冰冷的火焰里，蝴蝶在颤抖

他们在辛追胸前拉出叫秦和汉的

两只抽屉，疯狂翻找

王的飞扬跋扈，臣的奴颜婢膝

女人们的华服和雍容

那该是秦始皇五年，戍边的蒙恬正长出獠牙

一剥再剥的辛追

一丝不挂，坐在丹墀上嘎嘎大笑

到后来含情脉脉的辛追，仍然是指弹

可破的辛追；也是咳嗽的辛追

中毒的辛追，五十岁到来一病不起

当她再一次死去，再一次

她不需要任何理由，也不需要解药

2022年10月11日，北京南沙滩

建安十八年

五十八岁的困倦是无法抵御的!尽管他兵不
卸甲,正居高临下地坐在他大营的
丹墀之上;尽管丹墀之下
万笏朝天,躬立着他的文武百官,他的
众爱卿。但他们面面相觑,站在那儿
既不敢走动,也不敢窃窃私语
乍暖还寒的季节,冰冷的风从高高的山上
吹下来,刀刃般嗖嗖地吹下来
深入骨髓,像他故乡亳州酿酒用的
糯米那样黏,像蛛丝那么黏
啊,春宵一刻值千金。他用沉沉眼皮
拼命抵抗,拼命把漫漫压下来的黑暗推开
但也抵御不住这蚀骨的倦意,这大梦
降临前的黏稠。因此,他的头
一磕再磕;因此他渐渐地睡过去了
渐渐地鼾声如雷。"为什么不呢?……"
你听他还在嘟囔,他说在大营外肃立的
是他的将军,他的士兵,他车辚辚

马萧萧的战阵。而在未来，还将有他的王宫

他的驰道，他的相国、使臣和婢女

他的铜雀台、金虎台和冰井台；甚至他

推陈出新的建安文章和诗词歌赋

啊啊，为什么不呢？这一切的一切

都因为在他的屁股底下

垫着的，是那座伟大的叫邺的都城

睡吧睡吧。他就这么任性，就这么把

外乡当梦乡。而九年了

他把他的军队，他英姿天纵但好窝里斗

的儿女，他的雄心和肝胆，他血脉里的豪横

栽种在这里。而在这春宵一刻值千金

的时候，他抬头望一眼窗外

在那儿白雪铺地，沃野千里

一匹马跑一天也不会跑出他的视野

你以为那积雪压着的，仅仅是泥土

草尖，还未探出头来的麦苗吗？

咿呀错！错错错！那大雪压着的分明是

他家的江山，他的家国、王土和天下

把耳朵贴近大风中摇晃的树干

听一听,你将听见他生生不息的骨肉

在发芽;他浩大苍茫的大地

在返青。说什么"溥天之下,莫非

王土;率土之滨,莫非王臣"

老皇历了!而那个坐在许昌发号施令的

汉献帝,在他眼里,只不过是一个

吃国家和姓氏软饭的人

他发出的诏书,嘿嘿,只配给他擦屁股

这是中平六年,他改名易姓逃出京师洛阳

于陈留首倡义兵,号召天下英雄

讨伐董卓。之后,初平二年

在东郡大败于毒、白绕、眭固

初平三年,大败黄巾军,获降卒

三十万,人口百余万;初平四年

在匡亭六百里大追击,大败袁术、黑山军、南匈奴

兴平二年,三败吕布,破定陶、廪丘

平定兖州。之后,也就是建安元年

迎汉献帝至中原,打出替天

行道之旗帜;建安三年,灭吕布、陈宫、高顺

把势力范围扩张到黄河以北

之后,接着是建安五年

在官渡,人衔枚,马勒口,一把火烧了

袁绍万余车粮草,斩首级七万余

把个气吞山河的老军阀,杀得

屁滚尿流

之后,更是建安十三年,他中了周瑜小儿

的诡计,被孙权和刘备联军

火烧连营,眼睁睁看着他的水军和战船

被付之一炬,只身从华容道逃回江陵

之后,还是他依托邺城

依托他九年前打下的这片

土地,苦心经营,励精图治。之后……

那之后的之后,就是现在,就是今天

就是此时此刻,就是——建安十八年

在这一年,慑于他威武的汉献帝刘协册封他为

魏公,加九锡、建魏国,定国都邺城

拥冀州十郡之地,置丞相、太尉

大将军等百官。三年过去,建安二十一年

四月,汉献帝再册封他为魏王,邑三万户

位在诸侯王上,奏事不称臣,受诏不拜

以天子旄冕、车服、旌旗、礼乐郊祀天地
出入称警跸,宗庙、祖、腊皆如汉制
国都邺城。乌泱乌泱的王子,皆为列侯……

到现在。到今天。到此时此刻,你应该
明白了吧?你应该知道——
这个如雷贯耳,名字叫曹操的人
挟天子以令诸侯
他名为汉臣,实际已位极人臣,当了魏国的皇帝
虽然这时离他的死还有七年
但三分天下的大戏,已由他拉开大幕

多年后人们才想到,建安十八年
在邺城
在中国的两条大河之间
地动山摇,酣睡着一只斑斓大虎

2018年5月—6月,北京

过奥林匹克森林公园乌雅氏墓地

乌雅氏家族是个什么鬼?我没听说过

相信他们曾经显赫,曾经辉煌

以狩猎起家。这么说

他们就应该是剽悍的。他们征战

他们杀伐,马蹄像暴风雨席卷中原

否则他们怎么能威风凛凛

大模大样地埋在

这里,竖起那么多汉白玉墓碑?

但是,这又如何?我就是不知道他们

记忆中没有储存过他们的

任何一只脚印和蹄印

是的,我只是这里的一个匆匆过客

有时坐下来歇口气,倚着墓碑

坐在龟趺上抽一支烟,现在我把烟

戒了,坚决不抽了

但我跟许多从这里走过的人

跟走累了,随便坐在这里休息的人

是一路的,是常常被称为

游人的那些人；我们是一个辽阔而庞大的

群体，也是籍籍无名的树木

杂草、泥土和蝼蚁

可以供他们踩踏，也可以覆盖他们

还有茫茫时间，他们皮囊坚固，指爪像刀刃

那么锋利，半睁半闭着眼睛

凶残毕露，仿佛一头巨大的鳄鱼

懒懒地，没日没夜地趴在那里

因此我想提醒个别人，你应该谨慎一点

收敛一点，不要那么张牙舞爪

那么骄傲自大

得志便猖狂。这是没有用的

那只鳄鱼完全能对付你，迟早要

吃掉你，而且它囫囵吞枣

连骨头，连肉末残渣都不吐出来

2020年8月18日，北京奥林匹克森林公园

老县衙门前那条街

其实,它是一条悠长又简陋的小巷

散布着老县城常见的那种僻静

清冷和久久被遗忘的孤寂

期盼城市化的铲车轰轰隆隆地开过来

掀翻它的低矮、局促和萧条

然后像新县城那样

理直气壮地伸直几百年来佝偻的腰

这条街叫鼓街,有着异常响亮的名字

如果你有兴沿着它往西走

不撞南墙不拐弯

当你走到那个无路可走的丁字路口

老县衙就坐落在那里,像一个威严的老人

代表老县衙之老

在屋檐下,触目惊心地立着一面鼓

这面鼓,从前是用来鸣冤叫屈的

比如你漂亮的妻子如潘金莲

被强人如西门庆强占了

再比如你血气方刚的兄弟为争三尺宅基地

被村霸一斧头劈死了……就可以

来这里，用你的全身力气

咚咚咚，义愤填膺地敲

这面鼓；或者像厌世者用头撞庙里的钟

愤怒把它撞响，撞破

撞得你淋淋漓漓，滴下一地鲜血

剩下的，我们在古装戏如《十五贯》

《杨乃武与小白菜》里看得

滚瓜烂熟，不想再看了

毕竟这是几百年前发生的事，谁知道是真是假？

或者谁知道有几分真，几分假？

我要陈述的是

几百年了，老县衙门前的这条街

依然叫鼓街，在鼓街的尽头依然立着一面鼓

但从来没有人去敲它

因为谁都知道，老县衙只是一道风景

老县衙立着的这面鼓，也是一道风景

鼓街上的人同样是一些家长里短的人

同样生活在油盐酱醋茶之中

他们在鼓街繁衍生息,在鼓街来来回回地走

我祝他们清清白白,心里没有冤屈

永远不去敲县衙门前的——那面鼓

2022年11月11日,北京南沙滩

探花也是一种花

天下着雨,人们鱼贯往屋子里涌

人们是一些拍电影的人

一些写诗的人;人手一把雨伞

空间因此显得更小了

挤挤撞撞,后人的脚掌必须追着前人的脚跟走

如果谁突然想到遗忘了什么

回头去寻找,瞬间就会陷入人的旋涡

是屋子太小了,它那么低矮,那么

逼仄;人们鱼贯往屋子里涌

视线显见暗下来

狭窄下来。都是些好奇的人

仰望先贤而心绪茫茫的人,擅长捕风捉影

和无中生有;顺着鹅卵石

铺设的乡村小道

往里走,我们发现该铺大理石的地方

没有铺大理石,该立上马石的地方

也没有立上马石

屋子因拥挤而大汗淋漓；我听见

我自己被挤得在咻咻喘息

走在我前面和后面的人也被挤得在咻咻喘息

还听见账房先生般瘦弱的他

被挤在屋子角落里，同样在咻咻喘息

这可是探花的故居！一个在国家的大考中

考了赫赫第三名的人；一个作文

作到了翰林院编修

做官做到了湖北布政使的人

就这么清廉，简朴，甘愿把日渐消瘦的身子

安放在被熏黑的屋檐下

刮风下雨时，听《茅屋为秋风所破歌》

如今他几百岁了，我感觉他还蜗居在这间屋子里

读书，习字，在深夜发出空空

咳嗽，把虾米般

佝偻的身子，皮影般投射在斑驳的砖墙上

我想在百花盛开万物生长的海南

探花也是一朵花：一朵思想之花

气节和品格之花

人群中的灵长之花,龙凤之花

而在当年琼州,在建县仅仅只有五百年的定安

在贫瘠的被台风一年年摇晃的高林村

数百年才开这么一朵啊

那么回到大自然,如果说探花也是一种花

这个叫张岳崧的人

他冰清玉洁,应该是一种什么花?

一朵合欢花!这是他当年亲手栽种在院子里

的一种花;他一生引为典范和知己的花

它雪一样洁白,清泉一样

澄澈和冷峻,散发出一股

淡淡的芳香,如今长得蓬蓬勃勃,高过他的屋顶

2022年11月12日,北京南沙滩

在用红绸和琴声再现的草原上

"野旷天低树!"我要说我见到的草原

或者我要说我见到的草原的一切

都可以轻装为这样的

一句诗

就像草原的天空,天空上的云朵、飞鸟

雨后湿漉漉的彩虹;还有

大地上的青草、野花,宛如星辰般散开的牛羊

可以轻装为一支歌

而这支歌你听,你听,它多么高亢

悠长,仿佛他们

祖祖辈辈经历的像道路一样漫长的岁月

还可以轻装!比如把清晨或者傍晚

在草原尽头如火如荼燃烧的霞光

轻装系在他们腰间,随时随地可以解下来

舞动的那根红绸

把在草原上静静流淌的河流

轻装为在他们的马头琴上

随风弹奏,或者呜咽的那两根琴弦

如果继续轻装,可以把草原上所有的女人

轻装为乌兰,所有的男人

轻装为牧骑(就像英雄卓娅和舒拉)

而你看,你看,此时此刻乌兰和牧骑就坐在

吱吱扭扭滚动的那辆勒勒车上

把草原的昨天和今天,动情地

唱给牧民们听,唱给来到草原的客人们听

哦!天地辽阔,乌兰牧骑把自己轻装为一阵风

在用红绸和琴声再现的草原上

且歌且舞

2019年9月,北京

走进一棵大树

天忽然黑下来，低沉和肃静下来
依稀是另外的一片天空
拥有自己的领土，自己的白天和黑夜
自己的日月星辰

我看见从粗壮枝条和绵密绿叶间
漏下星星点点的光
当我抬头仰望，一片树林如同
痉挛的胃，从四面八方迅速围拢和收缩过来
是一片盛大浩荡、莽莽苍苍的原始森林
茂密的树干布满一截截泛白的斑
是因为氧太多了，一片片
渗出来，洋溢出来
有什么在滴滴答答降落
伸手接住的，是一粒粒亮晶晶的露珠

谁在茫然中陷入阴暗而幽邃的深涧？
回声空洞，听得见尖锐的指爪

在瓮一样湿漉漉的壁体

勠力攀爬。从半空垂下一缕缕苍茫的胡须

据说那是它颠倒的根

正发奋坠向地面,连神也在为它喊加油

——那朴素的烟熏火燎的神

坐在简陋的佛龛上

双目紧闭,在梦境中

他竹杖芒鞋,正走在去佛国的路上

现在我明白我走进了一棵古老的树

我走进了这棵树的五脏六腑

但听它绿色的血在奔流,暗藏的骨骼在噼里啪啦

拔节;天空还那么暗,那么近

撑起它的树枝还那么繁复缜密

那么纵横交错,如同我们大脑中的神经末梢

这让我怀疑我看见的这棵树它正在

思考,频频抚躬自问

如同苏格拉底站在死亡岸边

垂下他硕大的头颅,追述偶像的黄昏

一棵被拥戴为王的树,它每天都在

死亡，每天也在诞生

或者说它用生替代死，吞没死

用死滋养生，哺育生，生命就这样循环往复

它成年累月苦行僧般站在这里

它孜孜不倦，向死而生

每天都在向世界宣告，它是它自己的祖先

也是它自己的子孙

因此它欣欣向荣，方兴未艾

活在四季轮回的一个巨大同心圆里

关于一棵树，关于这样一棵树的前世今生

我记得阿多尼斯说过，如果你能听见

"从树的喉咙升腾起的歌"

那么你就能听懂"天空之嘴凑近大地耳畔的低语"

2022年11月15日，北京南沙滩

在一处仙境跋山涉水

我相信有一种意志,命令桃花

在三月里开,四月里开

顶多开到五月;开完便闭门谢客

在天地间垂下绿色的大幕

而你说:快!快把那道大幕拉开

用洗去尘埃的手,抚摸

高山和流水。现在是六月

现在的天空是我们的天空

桃林是我们的桃林

如果再错过,或许将终生错过

我是在你的血泊里漂浮的那个人?

晚来风急!三百亩桃林

我只寻找命中的那一棵;遍地的落英

能把我埋葬的那一棵

九百级台阶我疾疾地走,匆匆地行

落下比一天的雨更多的汗水

仿佛在进行一生的耕作和种植

在一处仙境跋山涉水,我知道
我的双腿是被我的灵魂
带走的;我知道我脚下的路
是雨后峰顶上升起的那道虹霓
五彩斑斓,正跨过七重海洋

2021年5月,湖南常德桃花源归来

喇叭沟门的黎明和鸟鸣

喇叭沟门,听一遍就能记住的名字
我在那里住过一晚,念念不忘那个黎明的
寂静,以及寂静中突然响起的鸟鸣

我们都吃过煮熟后被剥去壳的鸡蛋
喇叭沟门的黎明
温润
鲜亮,是一枚鸡蛋剥开后的蛋清部分

露水洗过的鸟鸣,先是滴里嘟噜的两三粒
接着噼里啪啦,噼里啪啦
像阵雨过山,像两支队伍遭遇突然打起来

第二个比喻,我想到一场暴动
想到众多的人像蚂蚁那样
扛着一根柱子,齐心协力地去撞一道城门
而这些人是陈胜、吴广,是瓦岗寨的
魏徵、秦琼和程咬金,他们

千军万马，突然把一个王朝掀翻了

2021 年 11 月 6 日，北京南沙滩

东湖绿道

我们在木板铺设的绿道上来回地走
我们是李琦、罗振亚和我
三个人加起来一百八十岁
我们就以一个一百八十岁的人可能经历的沧桑
随心所欲,边走边谈论着在眼前
荡漾的这个湖,刚刚坐过的
那艘船,还有落在
香樟林里,那两只旁若无人的斑鸠

三个人都与东湖有过交集,话题由此
铺开。罗振亚说他在武大读过
一年书,校园就在湖的对岸
傍晚常来湖边漫步,回想东北的雪
李琦说,东湖见证过她的初恋
她先生曾在驻鄂一支部队服役
那时她还是个学生,从哈尔滨乘绿皮火车
站到汉口,仍惦记来东湖看花红
柳绿(年轻时的单纯多么美好)

而离开东湖后的日子,她做了三件事:
把书读完、把孩子养大和把自己变老
不好意思,我接着说,我的初恋
也与东湖有关,她曾是我上司的女儿
我人生偷吃的第一枚禁果
东湖于我,是一个老镜头,也是一湖
显影液;我能否取回
愣愣的,我当年在此照的那帧黑白照?

我们三个人是有意落在队伍后面的
我们三个人是好朋友,经常见面
总有说不完的话
但每次见面,我们都希望脚下的步子慢下来
生活节奏和写作速度也慢下来
李琦说急什么,我们曾经沧海
现在就做一滴水,相互融汇和簇拥

绿道边的香樟树、水杉树和白皮松
与我们似曾相识;它们屏声敛气
忠实地做我们的听众,我们镜头里的背景
它们知道,三个即将老去的人

我们试图寻找的东西,其实

闪烁在同一颗露珠里,同一片绿叶里

2019 年 6 月 27 日,北京南沙滩

诗人来到缙云山

北碚的人就是慷慨：诗人们来了
拿出七千万年前的一座山
供他们登临

七千万年前的朝日峰、香炉峰、狮子峰
七千万年前的佛光岩、相思岩、舍身崖
一座古寺最年轻，史载建于南朝
毁于明而复建于清
解说词是李商隐先生写的，他生于晚唐
字义山，号玉谿生，距今至少1162年

与李商隐同朝代，比李商隐更大牌的
王维和杜甫
也来过；还有满腹经纶的司空图
写过《爱莲说》的周敦颐，等等，等等，等等
都曾到此一游，也都曾为它写过诗

但是，大风一年年吹过来

一年年摧枯拉朽

真正留下来，让后人反复吟诵的

只有《夜雨寄北》

区区，孤零零的二十八个字

诗歌是一种多么贵重的文字，多么珍稀

缙云山对诗人们说：来了的人

谁也别得意，别口出狂言

多么美的文字

多么伟大的诗仙诗圣，都经不起大浪淘沙

2020年11月18日，北京南沙滩

嘉陵江在低处

庞大的事物总是退守在低处
比如比高山更开阔的平原
比大地更谦逊的大海

在缙云山半山腰的翠雨轩喝茶
朋友指给我说:看见了吗?
远处的蜿蜒曲折,就是嘉陵江

嘉陵江?就是在我们读过的中学课本里
一路唱着《红梅赞》的那条江?
我看见它潺潺湲湲
像一只温顺的猫,匍匐在北碚脚下

2020年11月17日,北京南沙滩

去上林湖

细碎的雨声中,坐一辆白色中巴
出城,司机用高德地图导航
渐行渐远的路,陡然
峻峭起来,在古老的巷子和田园间
绕来绕去,依次闪过穿长袍的
民国,说之乎者也的
清、明、元、宋、唐
然后是魏晋南北朝、东西两汉
走到近处,只见波光粼粼
久未露面的陶朱公
正在湖里泛舟,他带走的西施
布衣裙钗,正在湖边浣纱

雨还在下,当然这场雨是从越国
下过来的。山林里那么静
却有那么多的声音
传过来,它们是雨的回声,雨的歌谣
抑或漂在我们血液里那些

神奇的生命密码？

驻足聆听，依稀听出是遥远的

踩踏声、敲打声、吹奏声

和熊熊大火在大地的胸腔

毕毕剥剥的燃烧声

最多并经久不息的

是瓷的破碎声，哗啦哗啦哗啦

我想起在博物馆里陈列的那只

晦暗的坛子，它是孤品

是无数次碎裂之后

剩下的那只，也许是复古者臆想出来的

虽然东倒西歪，但它价值连城

2020年11月27日，宁波栎社国际机场

水盏

上林湖不是被森林包围的一个湖

虽然从湖畔往上走莽莽苍苍

树木参天,听得见虎啸狮吼

上林湖相当于上林苑,我们在《史记》中读过

在刀光剑影的宫廷剧中看到过

而上林苑确切地说

是王的禁苑,饲养着凶猛的狮和虎

高举时放出来,让它们与人搏斗

那些人是罪臣,还是被擒拿的

江洋大盗,要看主人那天的心情

但我们的王不这样玩,他别出心裁

玩山野的生灵,把大地当斗兽场

把酒桌架在湖边

让穿得薄如蝉翼的越女和胡姬

反弹琵琶,在湖水里起舞

当鼓点嘭咚嘭咚响起来,便秋风萧瑟

洪波涌起;便山外青山楼外楼

这时王手中握住的器皿

比如樽，比如觚，比如瓴，比如彝和爵

斛和觥，那都是暴发户的东西

早被他弃如敝屣

我们的王用水盏，也就是青瓷的

盅和杯，青瓷的壶，盛满

玉液琼浆，那种颜色像火焰那么纯粹

又像美姬们的眼睛

深不可测，没有半点污垢和杂质

其实是凝固的水，静止的火

抑或水与火如影随形地

赋予泥土的一种概念，一种思想

人们不知道，我们的王获得这种东西

是在喝过酒，断然砸碎手中器皿

的时候。王就爱听这种声音

我们的王在喝完酒之后

就爱把手中的器皿往岩石上砸

往武士们的铜盔上砸

有时也往水里砸

那种破碎的声音，哗啦

哗啦，听起来是那么美妙

这时王的脸被窑火映红，看得见

鼓胀的血管里像一条条蚯蚓

在蠕动；这时他感到他就是造物主

他就是至高无上的神

他喝令万物复苏，这世界便众生

颠倒，成了他眼里的天堂

2020年12月2日，北京南沙滩

南风吹

春水如染,绿色浩大而又蓬勃

但我想到的是,如果某座山

耸得再高一点,某道峡谷陷得更深一点

或者某条河流跌宕起伏

有着更大的落差,江山还这样

美吗?我们感受到的风

还像经过精确计算的那股风吗?

南风吹。南风从南海方向吹过来

从丰饶的珠江三角洲吹过来

风中仿佛有风的度量衡,风的加速和减速器

一路把燠热的,嘶哑的,性情

乖张暴烈的,或者像龙那样腾挪

翻覆,之后席卷而上

投入一个巨大的我们看不见的器皿中

粉碎、搅拌

从此变成一股小南风,徐徐地吹

即使暴虐的，粗野的，披头散发的

台风过境，那山，那水

那恰到好处的等高线

也要拔掉它的

牙齿，扼住它咆哮的咽喉

让它踮起脚尖，优雅地跳一场芭蕾

南风吹，吹了千万年的小南风

在五百年前，突然像他们的

老奶奶，他们刚过门的

新媳妇，噘起嘴

小心翼翼地把木柴吹干了

把泥胎吹硬了，把炉膛灶间的一粒小火星

越吹越旺，越吹越旺

直到吹成永远的一朵花红，一团霞光

五百年就这样过去了，十八万个

日日夜夜就这样过去了，穿过

漫长而遥遥无期的时间隧道，从未熄灭

南风吹，吹着大地上的好山好水

他们的好日子

就像他们烧出的瓷,晶莹剔透

2019 年 6 月 28 日,北京南沙滩

三水的荷

世界上最浩瀚的一座荷的博物馆

最隆重的一次荷的聚会

汇集着天下的荷,天上的荷

甚至遥远的三千年前

一个早逝的美人,含在嘴里的荷

都在太阳下摇曳,都使出浑身的力气

打开一生的梦想

所谓的三水,我想是集中日月精华

而盈在荷叶上的雨水、露水和雪水

因此它们闪闪烁烁

珠光宝气,像一颗颗滚动的钻石

没有一双眼睛能抵达荷的边界

因为

肥绿的荷展开的美,没有边界

2019 年 6 月 29 日,北京南沙滩

炊烟袅袅升起

总是在黎明，天边渐渐出现鱼肚白

大地像初生的婴儿那般静谧和安详

这时炊烟从船舱袅袅升起

像有人把蝉翼般刚浣过的一匹匹纱晾上高处

如果你觉得它们更像谱架上的乐谱

那么一定有你看不见的

一个个蝌蚪样的音符，在天空游动

是谁在河里浣纱和演奏？是船娘吗？

我这样思忖的时候，女人们

正出舱淘米，用新鲜河水一次次淘去稗子和沙粒

有手指大小的鱼摇头摆尾地游过来

还有三两颗未来得及隐去的星星

在突然打碎的镜子里

夸张地跳跃，让天空变得摇摇欲坠

男人和孩子们总是随太阳一道醒来

无论夏天还是冬天，一定都

光着脚，俯身舀起河里清凌凌的水漱口

马上把泡沫吐回水里

一朵一朵，像开在河面的白芙蓉

这是许多年前的事了，是许多年前

京杭大运河的《声声慢》和《天净沙》

如今孩子们已成为老人，许多年前那袅袅升起的炊烟

如同他们许多年前失散的恋人

在发黄的记忆中

早消泯得归途漫漫，别梦依稀

2021年1月12日，北京南沙滩

天龙寺来回

居高临下,站在天龙寺后院他对我说
你看那些山,它们不是一座一座的
而是一瓣一瓣的
像不像一朵花面对辽阔的天空
灿灿打开,天龙寺就是这朵花的花蕊

这个叫黄慧明的人在说这些话的时候
一脸慈祥;他温润的目光
轻盈移动的脚步,让我
相信,他的前生是一个和尚,心有慧根
如果那年让他还俗,我知道他
不想当多大的官
但他想干多大的事,他啊,想轰轰烈烈

黄慧明说完那些山像一朵花,那一瓣瓣
打开的山,果真就飒飒有声
我听出不是风吹草动
而是一种神圣在降临,这时在我们的耳边梵音袅袅

一片土地把一座寺

当作祭坛，高高举起它心中的一树菩提

顺着黄慧明的手向更远的地方眺望

大地祥和，漫山遍野绿得汹涌澎湃高潮迭起

在天空下攀登的人将攀得更高

在大地上奔走的人将走得更远

而且他们一路向南

全身心坚定不移地向南，照耀他们的那盏灯

是燃烧在他们头顶上的南十字星座

从天龙寺回来，我发现一座山

可以背负一座寺，在人间走动

2021年4月19日，北京

在全南中学演讲

我告诉他们我的一生都在化蝶

我告诉他们我曾经是

丑陋的、幼稚的、举步维艰的一条毛毛虫

在大地上艰难地蠕动和爬行

当春天来临,一次次用嘴巴

咬着那个坚硬的

封闭着我的壳。我告诉他们当我决定

把我的一生用来突围,就像

那个成语说的化茧成蝶

其实是选择无翼飞翔,选择用我的一生

惊险地悬浮和跳跃,把故乡

孤苦伶仃地背在身上

或者用我的头颅一次次去撞击阻挡我的

一道道墙壁,每次都要

撞出淋淋漓漓的血来

每次我都伸出舌头,把血舔干净

接着再撞,再把血舔干净

我告诉他们我化茧成蝶的历程其实是

失败的，相当悲壮的失败

因为我化蝶化成了一只飞蛾，嗡嗡

嘤嘤，总是在夜间出没

但我是快乐和幸福的，我无怨无悔

因为我一次次扑向火焰

一次次在濒临死亡中，凤凰涅槃

2021年4月12日，江西全南

先人身怀怎样的谦卑

我真钦佩靖西老百姓的纯朴,他们

把先人埋在村庄的四周

埋在不妨碍播种和收获的田间地头

甚至埋在大路边,好像先人们

不是去另外一个世界

而是继续日出而作,日落而息

家里遇到什么事,打开窗

大声吼一嗓,他们就会扛着铁铲回来

都是平平常常随随便便的一些土堆

有的连土堆也没有,只是垒着

几块石头;有的有墓碑,但大多数连墓碑也省略了

更多的已沉落、平复,还原为耕地

种上了粮食、蔬菜、烟叶

和政府及有关公司

扶植推广的其他作物。因为清明刚过去

告诉我的,是埋人的地方

仍插着白幡,风吹来像酒幌一样飘扬

我无法猜想先人们身怀怎样的谦卑

他们活着的时候,拼命地劳作

甘愿榨干最后一滴血汗。那时他们想的是

向山村,向这个世界

借几十年时光?那么死了呢?

死了,便潦草地埋在地里

这时他们是向人世间

是向他们的儿孙,借三尺黄土?

我在弄关屯小学大门口看见一个女孩

坐在灰蓬蓬的土地上读一本书

在她的三步之外

就是这样一个坟堆,插着迎风飘扬的白幡

我问她:小朋友,你害怕吗?

她说:不怕,不怕

在那儿,住着我们的爷爷和奶奶

2019年4月30日,从广西靖西归来

武隆山水

他们在热烈赞美他们的山水
他们说他们的山山水水
有大娄山之雄,武陵山之秀,乌江画廊之幽
我大惑不解。我说,你们为什么要攀比
别人的山水呢?为什么要攀比
大娄山、武陵山和乌江画廊?
你们有自己的山水;你们是重庆的
武隆,中国的武隆
独一无二!世界上没有一处山水是可以重复的
有如一个人不能两次踏进同一条河流
赫拉克利特就是这么说的

你们是有天坑的武隆,有地缝的武隆
有芙蓉江和芙蓉洞的武隆
走在有天坑也有地缝的
山水间,我发现江山如此多娇
如此惊心动魄,如此梦幻,让人们步步
惊心,每走一步都怕失足

留下千古恨和千古叹

比如高处的岩石，它们是天上的栈桥

有日月星辰走过，带来众神喧哗

而低处的深涧，它们低到歌唱的男低音也探不到底

的区域，哗哗流淌着液态的

水晶、白银和古人用过的时光

坐船游览芙蓉江，我看见它是种在乌江的一棵树

开着芙蓉洞这样一朵奇葩

走近洞穴才看清，这朵花是用彩石雕刻的

它在地理志上的名字，叫喀斯特

必须大声喝彩！这是有灵性的山水

有履历有记忆的山水，也有

自己的痛感。因为它们有自己的体温和心跳

自己的意识、执念和灵魂

在武隆的山水间走，仿佛在肢体上走

在骨骼上走，在频频跳动的脉搏上走

总听见有人呼喊：别走了别走了

前面是大地的尽头

世界的尽头

再往前走，宇宙茫茫

你将万劫不复，一步坠入美的深渊

2021年10月10日，北京南沙滩

白洋淀千里堤

我看见的是一道臂弯,一道华北的臂弯

中国的臂弯,伸向流水的纵深

它当然是雄性的,坦荡,粗犷

慷慨,涌动燕赵男儿沸腾的热血和肝胆

当战争来临,是那场罪恶而野蛮

让我们饱受屈辱的战争来临

我们的庄稼汉,我们风里来雨里去的渔民和猎手

化身轻轻的一片雁翎,用茂密的芦苇

掩藏鱼叉和猎枪

一次次,以滔天巨浪掀翻他们的狂妄

就是一道臂弯!一道该弯曲时弯曲的臂弯

该握成拳头时紧紧地握成拳头

从不震颤和摇晃

它知道它站在这里便意味着手臂与手臂

相挽的山站在这里,刀劈斧砍的悬崖峭壁站在这里

同时也意味着燕赵勇士们站在这里

北中国站在这里;它知道它

往前延伸一千里

是太行山延伸一千里,古长城延伸一千里

而它现在是一首抒情诗,一首

缠绵的,阳光灿烂的

抒情诗,拥抱着白洋淀366平方公里水面

366平方公里的荷花、菱角、渔歌

和一个个渔村散落的万家灯火

把风霜雨雪和雷暴熄灭在桃红柳绿中

臂弯外是它庇护的城市

和乡村,田野和庄稼,以及密密的铁道线

以及铁道线上一趟趟高速运行的

动车,那是它最想看到的春暖花开

最想听到的大地的情歌和牧歌

我到来时正是三月,莺飞草长

一万棵柳树吐出春天的鹅黄

这是歌里唱的万柳金堤?

它五彩缤纷,像镶满花边的一个传说

2022年2月7日,北京南沙滩

江南夜雨兼安慰向以鲜

象山笔会结束了,我们像一群麻雀
"轰"地飞走了,唯独这个
古石刻研究者,这个看名字有点像匈奴后代的人
留在宁波游天一阁,访天童寺
像戴望舒诗里那个书生
撑一把油纸伞
在悠长,悠长又寂寥的雨巷里彷徨

寒流袭击江南,在微信里我们看见他
穿一件松松垮垮的黑外套
撑一把黑布伞,在落叶缤纷的小路上渐走渐远
留给我们的背影,孤单又落寞

我发帖说:兄弟往前走,再往前走
你将逢着一个丁香一样结着愁怨的姑娘
他回帖说:哥哥哟,莫诓我
我走到底了,连一个
丁香一样结着愁怨的鬼也没遇见

我鼓励说：沉住气，古人说美人迟暮

意思是说美人总是姗姗来迟

他咕哝说：……天都黑了

街巷空空，还是那么悠长悠长又寂寥

2017 年 11 月 20 日，宁波归来

胭脂沟

不要撞破林间的寂静！不要让身子
带动的风，成为压倒
树上那些白皮棺材的最后一根稻草

棺木都枯了，腐朽了，长满滑腻腻的
青苔。穿过棺木的树枝
已托起鸟巢、岁月和天上的流云
稍大的风吹来，白骨像雨那般落下来

娇嫩的白骨；终于一病不起病入膏肓
的白骨。榨干净皮肤里的水
如同汤汁熬尽后
只剩下药渣的白骨。再不需要分辨
年龄、肤色
籍贯、国别
和民族，还有她们曾说着的南腔北调

你不能喊醒一个个用死装睡的人

哪怕她们曾桃红柳绿

曾经与琥珀金子翡翠，一起闪烁

2020年7月27日，北京金科王府

路过慕尼黑

仅仅是路过,我只在这个国家停留五天
每天从德累莱斯穿过一个口袋公园
去城里的铅笔大厦参加国际图书博览会
德累莱斯是德国慕尼黑的一个小镇
我第一天穿过公园进城,便看见两个老人
一对白发苍苍的夫妇坐在一张长椅上
背对一棵大树打盹;我叫不出名字的一棵大树
老态龙钟,青筋暴起,爬满绿油油的寄生植物
能看出它历尽沧桑,经历过许多许多往事
例如马克思时代的马车如何轰轰隆隆地
碾过特里尔的石板路;《资本论》在德国汉堡出版
在欧洲引起过怎样的震撼;1923年11月
希特勒在啤酒馆发起暴动,曾怎样的神采奕奕
怎样的意气风发;第二次世界大战结束时
盟军的飞机如何在柏林和科隆狂轰滥炸
等等;等等。两个老人在大树下默默坐着
相对无言,满是皱纹的脸上没有任何表情,两只手
紧紧地攥在一起,仿佛刚找回来的一对兄妹

害怕在战乱中再一次走散。我发现我早上
路过的时候，他们是这样，晚上回来还这样
如同这个国家十字路口随处可见的雕像
他们是伤痕累累的犹太人，还是人们曾憎恨的
日耳曼人？如果是犹太人，怎样挺过大屠杀？
与我刚刚参观过的慕尼黑市郊的达豪集中营
有过怎样的交集？如果他们是日耳曼人
我猜想老头曾在纳粹服役，但只是普通一兵
历史慷慨地赦免了他的罪恶，让他用剩下的
一生，从罪恶的深渊中慢慢地爬出来
我知道我这些只能是猜想，在这个陌生的国度
我没有机会也没有理由去打听两个老人的过往
就像他们不会打听我为什么穿过这个公园
是的，我们只是彼此路过，在不可能再次发生的
时间里，如同流星相互短暂地照亮对方

2020 年 10 月 9 日，北京南沙滩

在高密高铁站想起一件往事

凌晨三点钟在山东平度市醒来
提前四十八分钟赶到车站候车
接下来独自在辽阔的因一个小说家而闻名的
这个叫高密的高铁站逗留
独自在空空荡荡的候车室行走
锻炼,百无聊赖地完成三套
针对冠心病和颈椎病的
自我折磨。这种经历多么熟悉
有一种久违的亲切感,仿佛时光真的可以
倒流。此时此刻我想起了我此生
最难熬也最难忘的一段旅途
过去三十三年了!那个年代从昆明
至北京,漫长得好像要用一生才能
走完。但我们不急,甚至想
细嚼慢咽地享受这段漫长
我们共三个人,是我、在空军蚌埠飞行学院
担任热物理教员的阿丑、从遥远的
西藏甲格边防赶来的阿石

那天,我们从老山前线的麻栗坡下来

刚刚见过血、烈士、层层叠叠的墓碑

还有漂在河面上被泡胀的

一截残肢和依然停驻在士兵们脸上的

淡淡哀伤。阿石乘飞机回拉萨

军运站的伙计对剩下的我和阿丑满怀歉意

说委屈两位弟兄了,没有给你们

买到卧铺。我们说哪里哪里

能及时坐上火车,就够给我们面子了

你瞧我们都带着雨衣,没有用来

裹自己的尸体,现在终于

可以用来摊开自己的

身体了。军运伙计马上反应过来,说是呵

是呵,你们带着雨衣,能活着回来

比什么都强,都好啊

上车后,我们把活着带回来的雨衣

打开,铺在硬座下满是尘土、果壳

和纸屑的地板上,呼呼大睡

这段日子从未睡得那么香甜

半夜里似醒未醒间,有淅淅沥沥的雨

滴下来,温温的,有股甜甜的骚味

我立刻意识到是我们邻座的那个

从小失去母亲的小女孩尿床了

她跟她二十八岁死了媳妇（即她妈妈）的爸爸

从河南到云南来

找回来一个六十二岁、做了姥姥的女人

她爸爸一次次让她喊妈妈

孩子憋了半天，怯怯地喊了一声奶奶……

2020 年 11 月 21 日，山东高密高铁站

辑四
刀尖上的舞蹈

（诗剧《飞鲨从天而降》选段）

时间：1984年盛夏—2012年深秋

地点：辽东半岛

人物：高　翔：歼-15研制现场总指挥

　　　庞卫国：歼-15设计总工程师

　　　冯大雷：歼-15试飞员

　　　吴希月：高翔母亲，抗美援朝老兵

　　　王鹿鸣：高翔妻子，医院副院长

　　　高　慧：高翔女儿，"90后"大学生

　　　苗丽君：23岁，医生

　　　耿将军：辽宁舰海军高层指挥员

【幕启。辽宁舰宽阔的甲板上。】
【雄浑的男声低音合唱渐起——】

我们有一个梦

我们有一个梦,一个飞翔的梦

天空是它的驿站

我们有一个梦,一个漂浮的梦

大海是它的营盘

我们有一个梦,如同日出日落

多少人追逐它的光芒

风雨兼程,走向天空和海洋

那些仰望天空的人

(女主角王鹿鸣——)

我要说,这是一种本能,一种习惯

一种深入感官世界的条件反射

他们睁开眼睛就要仰望天空

他们走在路上,总要情不自禁地抬起头来

看天空的高度,看云彩飘浮的姿态

看风从哪个方向吹过来

看雨和雪,将从天上带来怎样的消息

那些总在仰望天空的人,是我们的丈夫

他们就这样在人群中行走

在大地上行走,就像一座山,要举起

山上的岩石和森林;就像一棵树

要收藏大地上沸腾的如同繁花盛开的鸟鸣

没有人知道他们是一群渴望飞翔的人

驾驭飞机的人——天空是他的泳池

他们要让自己制造的飞机在天空

展开四肢:仰泳,蛙泳,蝶泳

就像传说中的鲲鹏，携带霹雳和闪电

而偎依在他们胸前，我们是多么的幸福啊

听着他们的心跳，看着他们在思想

在攀登，看着他们把一片天空扛在

自己肩上，没有一颗雨点打湿我们的衣袂

没有一片雪花飘进我们的梦里

如果你是好男人，就应该做这样的大丈夫

伟丈夫，就应该做这样仰望天空的人

他顶天立地，他气吞山河

既是我的，也是我们的。当他走出家门

我要对祖国说：我把他交给你了

交给你了祖国，我的最爱，我的最亲

天空是另一种悬崖

（男主角高翔——）

这是我们必须想到的：天空是另一种悬崖

它也有绝壁，也有万丈深渊

但你看不见它们

你看见的只是星光、月光、阳光

只是高天流云，百鸟群飞

或者你还能看见那里的雪，那里的雾

那里的冰雹，那里一旦失足

就有可能席卷、吞噬一切的罡风和黑洞

是的。我们应该看到天空是另一种悬崖

另一道绝壁！它是用雷劈出来的

用无穷无尽的塌陷腾空的，让你找不到

下手的地方，落脚的地方，逗留的地方

你用绳索，用梯子，是攀不上去的

你必须飞！必须像鸟那样飞

像时光那样飞，像梦境和思想那样飞

而我们就是制造思想和梦境的人

用铝，用最轻盈的钢铁

用崭新的复合材料、超导材料；用最精密

最精准、最精细、最精确的

计算、求证；打磨、焊接

要么是零分，要么是一百分，没有

中间的路可走

没有如果、但是、可能、也许、大概……

这就是说，我们制造飞翔的结构和灵魂

肌肤和血脉，物质的神经末梢

我们必须把思想锻造成闪电

把梦想升华为风暴，让它们在天上呼啸！

兄弟，兄弟

（高翔、庞卫国、冯大雷轮番朗诵并合唱——）

相约去登山就不怕山高路陡

相约去踏海就不怕浪遏飞舟

兄弟是苦苦熬出的那锅汤

兄弟是久久窖藏的那坛酒

兄弟是一头蒜，掰开来四分五裂

握起来，我们是一只拳头

兄弟兄弟，有苦我们在一起吃

兄弟兄弟，有泪我们在一起流

相约去远行就不怕风狂雨骤

相约去探险就不怕天高地厚

兄弟是相互搀扶着走过的那条路

兄弟是互相拉扯着跨越的那条沟

兄弟是一生情，分开来想断肝肠

聚拢来，我们是冬夏春秋

兄弟兄弟，有难我们共分担

兄弟兄弟，有福我们同享受

望着那个背影

(男主角高翔——)

他走了,佝偻着身子,带着满心的悔恨

和叹息,像一棵被狂风吹弯的树

他走了,带着遗憾,带着诉说的

愧疚,一夜之间仿佛老了十岁

是我错了吗?是我残酷无情吗?

那么在什么时候,我开始变得心狠手辣?

不!我这是举一反三,是代表一种意志

在履行我神圣的权利,神圣的职责

如果我容忍一个人的松懈,容忍

一颗铆钉、一根铜线和一个垫圈的

松懈,那么谁来承受一架战鹰的

机毁人亡?谁来承受一场战争的失败?

我称他们为战士

（男主角高翔——）

就是这样，我们的机器在日日夜夜轰鸣

我们的队伍兵分两路：一路

在坚守，在全神贯注地车削着、铸造着

喷涂着、冲压着、装配着……

一路暂时撤出阵地，在车间旁的休息室里

和衣而睡，如同一口快被掏干的井

你必须让它重新把水蓄满

让它静静地沉淀下来，恢复水的清澈

在这一动一静中，你除去听到机器运转声

铁与铁的撞击声和轻微的酣睡声

还能听见什么？啊，你仔细听

仔细听！你是否能听见有一双脚，一双

巨人的脚，在二十四小时连续不断地奔走？

是的，我叫不出他们每个人的名字

但我读得懂他们言语中的渴望

他们表情中的坦然，他们目光中的坚定

再不是膀大腰圆抡大锤的那批人了
翻翻履历，你会为他们读过的学校
跟过的导师；为他们在学术交流中偶尔露出的
伦敦或者曼哈顿口音，感到震惊
多少年跟着我们走过来了
不用说，他们都知道肩上的担子有多沉

这就是我们这支队伍！这就是我们踩在
时光道路上的一只只脚印
而我从心里感激他们，我称他们为战士
因为召集他们，只需要一声号角

蹒跚的脚步声

(女主角王鹿鸣——)

你听！你听那一串蹒跚的脚步声

踩在深夜的楼道上，那么迟缓

那么沉重，像夯土，像拉车

像楼上扔下第一只靴子，却不知道第二只靴子

在什么时候再扔下来

啊，我已经找不回来过去的那个人了

那时他英姿勃发，是被吹口哨的风吹上来的

是被弹着钢琴般的节奏弹上来的

这个我爱着的人，这个我疼着的人

他错了，他以为他的身体里藏着

一座矿山，每天可以孜孜不倦地挖啊

挖啊，就像神话里那个愚公

他不知道即使是一座矿山，也会被

掏空；他不知道人也是一种植物

同样需要阳光的照耀，雨水的滋润

需要在夜间的休眠中低垂枝叶

把根须松开，迎接下一轮枝繁叶茂

我能成为那片让他伸展根须的土地吗？

我能成为那缕风，让他重新

吹响从前的那一串口哨吗？

或者成为琴键，让他再次弹奏出生命的活力？

那么试试吧，试试吧

只要青山常在，只要绿水长流

每个人都是一个祖国

（医生苗丽君——）

他在阅读那些表格，那些体检表格

他要触摸他们一个个的体温

倾听他们血液流淌的声音

心脏跳动的声音。他们是翻砂工、铸模工

铣工、刨工、装配工、油漆工、检验工……

每天都要从身体里掏出技艺和责任

掏出力气、忠诚，长期储存的感觉和经验

倒休的时候蜷在车间旁的休息室里

和衣而睡，如同一片休耕的土地

必须让他们恢复往年的肥沃，往年的

疏松和绵密。他知道他们是工厂的一部分

机器的一部分，精密数据的一部分

没有谁是可有可无的，也没有谁

是多余的，可以被漠视

不能让他们的心律出现错动，出现杂音

不能让那些毛细血管沉积油污和粉尘

连金属也会疲劳啊！当他们

作为一道工序，一架飞机上的翅膀、尾翼

仪表、铆钉……是不允许疲劳的

必须把最新鲜的血液

注入他们的肌体，他们的灵魂和境界

一年一度！这是他必做的功课

必读的书；他一页一页翻着这些身体的缩影

读着那些代表胆固醇的数字，代表红白细胞的

数字。他在比较，思索，总结

寻找阴影，就像洪汛到来之前巡视大堤

他要让每个员工，每个兄弟姐妹

列队从眼前走过，亲眼看到他们脸上的红润

他们眼睛里闪烁出活力四射的光芒

他说，这就是我们的祖国了，这就是

从我们的血液里流过的祖国

从我们的眼睛里起飞的祖国

现在，祖国是多么的具体，多么的真实啊

具体真实到就像在我眼前呈现的

一个个人，一颗颗螺丝钉和铆钉

因为庞大辽阔的祖国，是由无数细小的颗粒组成的

祖国是我们每个人肩上挑着的担子

我们每个人脚下走着的路

你必须让他们强壮,让他们保持旺盛的激情

他还说,祖国是我们每一个人的

是我们每个人的工作、劳动

爱情、奉献。我们每一个人都是一个祖国

男人像一只蚌

(女主角王鹿鸣——)

临行前拥抱,拖着那么大的一个箱子
他决定绕道去上海看女儿
不知为什么,他今天忽然变得柔顺起来
缠绵起来。他说他欠我们太多了
好像过去了的日子,是片片落叶
他要把它们重新捡回来
啊,当一个男人把内心打开
原来像一只蚌,一只外壳坚硬的蚌
抱着炽热的一腔血肉,一团火

是我受宠若惊,从他身上获得的太少吗?
也许吧。或者是他领悟得太晚
给我的只是迟到的抚慰
但迟到的抚慰也是抚慰啊
都说爱情是一朵开在时间深处的玫瑰
它将带着晚来的艳丽,成熟的灿烂

那么,让我等待,耐心地等待……

心啊，你要坐怀不乱

（高翔、冯大雷、庞卫国、耿将军——）
心啊，你要坚强，你要坦荡，你要静如止水

那么多的人在看着我们！那么多的人
是成千上万的人，全世界的人
那么多的人，是大脑装着精密仪器的人
胸中摊开世界地图的人。那么多的人
是满腹韬略的人，彻夜不眠的人
此刻，他们正站在地球的每个角落，向中国
眺望，向我们的这片天空眺望
眼睛里流露出惊异、怀疑和些许茫然

心啊，你要镇定，你要从容，你要巍然如山

那么多的人在看着我们！那么多的人
他们是总统、首相、将军、战略家
大财团的智囊和股东、媒体策划者
"中国威胁论"的制造者和鼓吹者

那么多的人,他们长着蓝眼睛,绿眼睛
黑眼睛。他们想入非非却心事重重

心啊,你要沉稳,你要冷静,你要吐气如兰

那么多的人在看着我们!那么多的人
当然也有捕风捉影的人
心怀叵测的人,他们正用放大镜
对准我们渐渐强壮的肌体,寻找和勘探
分析和追踪。那么多的人
那么多的人,他们中有人为我们准备了
妒忌,嘲笑,酸溜溜的解说和评论

心啊,你要恬淡,你要高洁,你要坐怀不乱

那么多的人在看着我们!那么多的人
他们是期盼天空晴朗的人
祝愿大海温柔的人。那么多的人
他们是一个国家的人,一片土地上的人
一个民族的人,他们是父亲、丈夫、儿子
母亲、妻子、女儿,就像热爱家园那样

热爱和平，就像珍惜岁月那样珍惜阳光

心啊，你要坚强，你要隐忍，你要岿然不动

那么多的人在看着我们！那么多的人

他们是巡天的人，守海的人

戍边的人；他们是我们的战友加兄弟

他们只想把手中的武器

擦得更亮一点，磨得更锋利一点

心啊，现在你就是舰上的甲板，舰上的跑道

你要辽阔，你要平坦，你要肃静

你要相信放飞的鹰，有着两扇剽悍的翅膀

它将穿云破雾，带着满天喜悦和安详归来

心啊，大道无痕，天空有路，你要承受雷霆

承受风暴，勇敢去迎接一个国家的起降！

大海,我来了!中国来了!

(耿将军——)

啊啊!不敢相信,我真不敢相信

才两个月,我们的战机就着舰了

我们走向深蓝的航母在汪洋大海正吸引着

中国的目光,世界的目光

这是一段古老历史的结束

一段崭新历史的开始;这是一个梦

一个功德圆满的梦,正成为现实

美国人怎么样?俄罗斯人又怎么样?

他们用火光和鲜血铺过的路

我们用鲜花铺,用欢庆的泪水铺

天佑中国!天佑我曾经苦难深重的民族

因为她经历了那么多——她经历了

战争、动乱,贫困、苦闷

经历了土地被分割,海洋被掠夺

经历了自己的舰队在自己的海域

被别人击沉……而这一页

在今天翻过去了,终于翻过去了

就像春天的到来,让冰雪在一瞬间消融

现在我要说:大海,我来了!中国来了!

我的身体里大雪纷飞

（男主角高翔——）

噫？那是什么声音从我的身体里传来？

就像一根绳子被绷断了，一件瓷器

被打碎了；一条河，它流着流着

突然枯干了，断流了；一片森林落叶纷飞

渐渐淹没了我的脚面

我的膝盖，我波浪起伏的胸膛

突然到来的寂静如同突然涌来的潮水

突然变得无边无际，无边无际……

我也想振臂呼喊，我也想伸出手去

拥抱我的战友，我的兄弟

我仰慕的将军和士兵，我在心里无数次祝福的

那些在刀尖上从容舞蹈的空中骑士

我也想让自己跳进欢乐的人群

像浪花那样奔涌起来，迸溅起来

但是，但是啊，我的两条腿却麻木了

僵硬了，如同陷在深深的沼泽里

再也拔不出来；接着是一股寒冷，一股

彻骨的寒冷，渐渐占领了我的身体

我感到我就要冻僵了，就要结成一块冰

啊！这是怎么啦？有什么事情就要发生？

有什么结果，在远处等待我？

而我走得这么匆忙，这么仓促

上有八十岁白发苍苍守着空巢的母亲

下有冰雪聪明的女儿，如花蕾初绽

我还答应过我苦读苦熬几十年的妻子

在有生之年，要陪她去周游天下

去看恒河、尼罗河、多瑙河、密西西比河

我和我的同事，我亲密的搭档

多年失约，我们还有一盘棋没有下完

但是，冷啊，冷啊，冷啊！

我感到我的身体里北风呼啸，大雪纷飞……

爸爸！你不要吓我

（女儿高慧——）

爸爸！你在哪儿？你在哪儿呀？

你可不能吓我，你可不能像在家时那样

藏在某个地方，突然蹿出来

用你一米八的身子，如同一阵狂风

把我紧紧地，紧紧地裹进你怀里

爸爸，你说八天后我们就能见面了

现在正好是第八天

正好是我们相约在电视里看你说的那条

重要新闻的时候

而你果然在电视里出现了

但是爸！这竟然是你的谢幕！

是我们与你的永别……

爸！现在我终于知道你在忙什么了

你是一个多么伟大的爸爸

多么有力量的爸爸

但这又如何呢？你丢下我们不声不响地走了

让我千里迢迢地赶回来

看见的是一条封冻的河流

看见生命的冰，冻住了你的双手

你温馨如春天的嘴巴

从此你再也不能把我搂在怀里

说：我亲亲的女儿，爸爸是那么地爱你

爸！你的慧慧长大了，真的长大了

我知道你还想对我说什么

放心吧，我会听话的，会像你叮嘱的那样

做一个对社会有用的人

会搀着年迈的姥姥、姥爷和孤单的奶奶

挽着妈妈，走自己的路

而你那边山高水长，你要一路走好

有空给妈妈托一个梦

(母亲吴希月——)

谢谢！谢谢！谢谢你们这些有情有义的人
站在寒风中，来送我儿子高翔
这说明我儿子这个人啊
还忠厚，还实在，还有些人缘
大家都舍不下他
这让我欣慰，让一个母亲欣慰

天冷啊，有孩子的、有老人的请回吧
腿脚站酸站痛了的请回吧
你们的心意我领了，我代表我儿子心领了
什么啊？在大家心目中，我的儿子
是个好官？是个当得还不错的官？
可惜啊，可惜他走得太快了，太早了
国家培养了他，他应该为国家做更多的事

我不哭。我的心告诉我不应该哭
我给高翔讲过一个故事

我说，在我的家乡赣南有一个母亲

她把八个儿子送去当红军，没有一个回来

都牺牲了，都不知道埋在什么地方

但那个母亲不哭，她说：

我哭什么呢？我的那些儿子是去打天下的

天下打不下来，有更多的人要哭

你们知不知道，一支中央红军

有半支是我们赣南的母亲送出去的儿女

所以我不哭。我一哭

就不配做一个赣南母亲的女儿了

就不配以一个老兵的名义，做高翔的母亲了

儿子啊！不要以为有那么多的人来送你

你就是英雄，你就沾沾自喜

不能这么想！做人和做官

重要的是活着的时候要有口皆碑

那才是一个好人，一个好官

有空给妈妈托一个梦吧

活着的时候你说你得到过政府的津贴

得过一个很大的金牌

还得过许多奖状，你要把这些都抱回来

给妈妈看；就像你上小学中学大学

妈妈最想看到你的奖状

看到老师的评语，说高翔是个好孩子

儿子，妈妈年纪大了，不送了

你要一路走好

记住，有空给妈妈托一个梦来

回吧，天晚了，天黑了，大家请回吧！

【辽宁舰拉响汽笛，驶向深海。】

【《我们有一个梦》男声合唱再起。】

2012 年 12 月—2013 年 7 月

代后记
用诗歌触摸刀尖上的锋芒
——答《中华读书报》记者舒晋瑜问

2010年10月,军旅诗人刘立云的诗集《烤蓝》获第五届鲁迅文学奖诗歌奖。评委会认为,刘立云的作品格调积极向上,水准很高,既有对部队生活通透的理解,也有对历史独具诗性意义的捕捉和探究。《烤蓝》把人民军队这个整体和诗人个人的形象十分巧妙而自然地融合在一起,表达出对军队的热爱之情和身为一名军人的自豪。

"55年的生命旅途,有37年是在部队走过的,而且还将继续走下去,直到终老一生。"刘立云在诗集《烤蓝》自序中写道。他认为,诗人的一生,就应该不断地挑战难度,不断地打碎和扬弃,不断地作茧自缚和浴火重生。

多年来,刘立云以"在场"的审美视角,对战争、和平、历史及军旅人生进行一种本质性的"亲历"思考,以独特的语言和深刻的思想,对战争中的人性及和平年代军人的本质进行深入思考,发出铿锵有力的声音。此后,他陆续出版了《大地上万物皆有信使》《金盔》等诗集，前者收录80首短诗和3首描写战争的长诗（《黄土岭》《金山岭》《上甘岭》），后者是刘立云1984年至2019年创作的军旅诗歌，既面向了时间本体和历史命题，也展示了诗人的胸襟和气象。

一个人可以不是诗人，但不能缺少一种诗意的情怀。诗人林莽认为，中国诗歌有两只翅膀，一是我们几千年来的中国古典文学这个翅膀，二是近百年来我们不断向先进文化和先进艺术学习的另一只翅膀。刘立云最突出的是军旅诗歌，有其个性和独到之处，他的诗歌中体现了这两只翅膀。

中华读书报： 我注意到了，您的诗歌创作从一开始就关注国家、民族和人类命运。

刘立云： 这和我的个人经历、所受的教育等各方面都有关系。虽然我的故乡是一个偏僻的乡村，但离当年朱毛会师的县城砻市镇只有5华里（相当于2.5千米），距井冈山著名的茅坪和茨坪，走路分别只需半天和差不多一天。我到县城读初中，我们的校园就在当年朱毛第一次会见和之后用来做红军教导队的龙江书院。初中上了不到一年，学校宣布关闭，因为龙江书院作为红军教导队旧址，必须恢复原来的样子，用来接待从世界和全国各地像朝圣般涌来参观的人。换句话说，当我还是一个十来岁的孩子，井冈山斗争的历史就是中国革命的历史，为人民打江山不惜抛头颅、洒鲜血等政治概念，就不知不觉地渗透到了血液中。

1972年，我在省城南昌当兵。南昌也叫英雄城，1927年8月1日老一辈共产党人周恩来、贺龙在这里发动武装起义，建立了第一支人民军队。歌颂井冈山斗争和在南昌创立的人民军队，在很长一段时间，成了江西省文学创作主流的主流，核心的核心。1985年，当我走到《解放军文艺》的诗歌编辑的位置，这种关注国家和民族命运的家国情怀，不仅成了我自己诗歌创作的主体和中心，而且成了我这个岗位必须坚持和坚守的方向。这是军旅诗创作的底色和历久弥新的传统。换句话说，坚持爱国主义和革命英雄主义，是我们赖以生存的生命线。

中华读书报：很多作家都是自诗歌起步，写着写着就转行了，或终止了，为什么您对诗歌的热爱这么持久专一？

刘立云：我对诗歌持久专一的热爱，与我长期担任《解放军文艺》诗歌编辑密切相关。当我还是一个在蹒跚学步中苦苦追求诗歌的部队业余作者时，我就把李瑛、雷抒雁和程步涛这三个部队诗人引为翘楚，对他们敬仰有加。忽然有一天，我也成了《解放军文艺》的诗歌编辑，你说我会感到多么神圣，多么战战兢兢，多么如临深渊如履薄冰？因为《解放军文艺》诗歌编辑的这把椅子,正是李瑛、雷抒雁和程步涛坐过的。如果是四个人的接力跑,程步涛直接把接力棒交到我手里,我跑最后一棒。因此,我在工作上从来不敢马虎,自身的阅读和写作也不敢松懈。

当我也成为一个说得过去的军旅诗人时,随着市场化的到来,军旅诗人和其他军旅作家一样,有的改写散文了,有的专攻歌词,有的当了官,有的转业回了地方,也有的自动退出竞争,整个军旅诗歌队伍渐渐出现门前冷落车马稀的状况。而我是《解放军文艺》的诗歌编辑,单独守着军事文学重镇的一条战壕,我感到自己退无可退,只好咬牙坚持下来。

中华读书报:非常喜欢您的《望着这些新兵》等一系列军旅题材的诗歌,真实、生动,对新兵的爱护、期望溢于言表。诗歌的创作灵感对于您来说,是触手可及的吗?

刘立云:《望着这些新兵》写于2009年,它是以我们这支军队进入现代化进程为背景,强调此时站在士兵面前的指挥员变了,最重要的是时代变了,他带出的兵,不允许是一群绵羊,而必须是适应现代战争的一群虎狼。他的带兵方法不免有些凶狠、暴躁,不惜让自己变成被士兵憎恨的人,目的在于把士兵的野性也即战斗力逼出来。我们这支军队确实走过了这样的历程:20世纪80年代,我们改革了军官的培养方式，不再从吃苦耐劳的士兵中提拔了，改为在高考中选拔有知识有抱负的青年学生，通过军校培训，毕业后派去部队基层任职。这样的机制改变了军队的知识构成，但从军校毕业的大学生与从农村入伍的士兵，明显存在情感和价值观的冲突。我一个仅读到初中的弟弟就是在这个年代去当兵的，我去新兵连看他，他扭过脸抹眼泪。我问他为什么哭，他说排长太凶了，训练时骂人，新兵在队列中做错动作时，排长用脚踢他们，揪他们的耳朵。这件事让我牢牢地记住了，十几年耿耿于怀。我写这首诗，就想揭示我们这支军队在这些年真实发生的蜕变。这是我们必须要走的路，必须付出的代价。虽然，多少有点残酷。

中华读书报：您的诗歌题材多样，关于《火器营》，我想是表达了一名军人在和平时代的警醒。这种反思来自什么？

刘立云：有一次我开车去北京西山脚下的闽庄路4S店办事，在路牌上突然看到了"火器营"三个字，马上浮想联翩。因为从住着的大屯路南沙滩开车去我工作的解放军出版社《解放军文艺》上班，走西线必须路过北太平庄、小西天、太平湖、积水潭、新街口，目的地在平安里。想到这些地名的由来，还有它们的过去和现在，我想任何人都不可能无动于衷,何况我是一个军人,还是一个军旅诗人。看到与军事和战争相关的语词,特别是北京的这种具有深厚历史渊源的街名和地名,免不了心里一动,产生写诗的冲动。我的许多诗,都是这样被现实事物撞上枪口的。我要做的,是反复掂量,看它能不能写成一首诗,够不够写成一首诗;其次,是如何把它写成诗,再权衡把它写成诗后,是不是一首有新意的诗,有分量的诗。有的话,先三两句把当时的感受记下来,在以后的慢慢思考中,完成对一首诗的价值判断和艺术审美。《火器营》就是这样写出来的。

中华读书报:《上甘岭》发表于 2017 年的《中国诗歌》,后获得闻一多诗歌奖,很少有诗人能够以长诗的形式书写一场战争。

刘立云:《上甘岭》发表于 2017 年《中国诗歌》8 月号,是这年的上半年写的。由美国人 1952 年 10 月 14 日在朝鲜发起的这次战役,本来是一场他们只投入两个营并试图速战速决的局部战斗,旨在把他们的阵地向前推进 1000 多米。但他们低估了志愿军依据坑道坚守到底的决心和战斗力,把一次小规模的战斗打成了一次战役。说到底,这是经历过抗日战争和解放战争的那支中国人民军队同美国用飞机大炮武装起来的现代化军队,进行火星撞地球的军事大比拼、大较量,不说我军取得了彻底胜利,起码可以说打了一个平手。不能不说这是一个奇迹。

我写这首《上甘岭》并非心血来潮,而是希望以诗歌为触须和媒介,对那场惊心动魄的战争,对中美两军唯一的一次战场大对决,还有对当下的国际政治、未来的战争格局,做出自己的判断,发出自己的声音。你可以说我天真、幼稚,不自量力。但我认为,一个诗人的心脏理应更大一些,理应有一定的纵深感;跳起来,也应该更强劲。面对当下这个瞬息万变的大时代,如果我们的诗歌甘于沉默,或者只满足于抒发内心的孤傲和小情调,可能难逃苍白的命运。

中华读书报:有评论认为,《上甘岭》"有简要的背景交代,有宏大的战争场面,有感人的场面",我们很想了解您当时的创作状态是怎样的?在读者读来感动的诗句,是否首先感动了您自己?

刘立云:我是在悲愤中写完这首诗的。我想说明,当我们把血肉之躯投入到现代战争当中,这种战争无疑将血肉横飞,无比残酷和惨烈。公正地说,我们在上甘岭即使与美国人打成平手,也是理所当然的胜利者,只不过这场胜利是连美国人都感到胆寒的惨胜。比如我们在战役中采用的"添油战术",虽然出发点是少死人,但添上去的人不是向死而生,而是必死无疑。在那场持续的连山上的岩石都要被炮火削去几米的剧烈炮战中,没有人能侥幸活下来。想到这一点,你的心不战栗吗?当我写到黄继光从容赴死的时候,我极力烘托个体生命在战争中的无常和渺小,强调上甘岭涌现的黄继光不是仅此一个,而是38个甚至更多。写到这里,我不是我们常说的热血澎湃、泪流满面,而是无语,是不寒而栗。

中华读书报:您的诗句甚至深入到战争双方的主将秦基伟和范弗里特的内心世界,我想不仅需要对战争充分了解,也需要对作战双方的战术甚至心理相当清楚——

刘立云:在我的心目中,从不同战场走来的范弗里特和秦基伟,都是好军人、好将军,他们勇敢、坚毅,身经百战,绝对忠于职守。但范弗里特作为二战名将的骄傲和狂妄却帮了他的倒忙,使他低估了我们中国人的智慧和战斗力。秦基伟作为上甘岭中方的最高指挥员,虽然最早是个农民,但经过二三十年的战争历练,已经脱胎换骨,成了那支军队和那一代人的战神。在全新的比过去任何一场战争都恶劣的环境中,他大事一肩挑,纵横捭阖,从容不迫。当他命令从太行山开始一直跟随自己的警卫连指导员王虏带着他贴身的警卫连增援上甘岭时,没有任何的犹豫和婆婆妈妈。他知道战争打到这一步,连自己都要准备以身殉职。实话说,对这一代将帅，我读了太多他们的生平。我觉得中国革命之所以取得胜利，重要的一环，是因为长征和抗战使这一代指挥员，迅速走完了从奴隶到将军的路程。当他们带领千军万马战斗在朝鲜，意味着他们的心胸、谋略和胆识，已具备国际视野。

中华读书报：您如何评价"战争三部曲"(《黄土岭》《金山岭》《上甘岭》)？

刘立云：三首长诗是在22年中，因为不同的缘由写出来的，当时绝没有当成"三部曲"来写。巧的是每个战地都有一个"岭"字，如今放在一起，勉强说得上是三部曲。它们在我的诗歌创作中的意义是，分别写了古代、抗日战争和抗美援朝三个不同时期的战争，但军人忠诚、担当的保家卫国主题是一脉相承的。有一点必须指出来，长诗应该有深邃的思想，讲究哲学底蕴和精巧结构，不是篇幅拉得长一些就是长诗。像艾略特的《荒原》《四个四重奏》、帕斯的《太阳石》、聂鲁达的《马楚·比楚高峰》、埃利蒂斯的《英雄挽歌》，才是标准的长诗。我这三首诗功夫下在描述战争本身，虽然在技艺上也做了一些尝试和探索，但还不是严格意义上的长诗。起码在文本上，我不能信口开河。

中华读书报：《金盔》是您35年军旅诗选。写了这么多年，回望自己的创作之路，一定很满意吧？

刘立云：《金盔》是我工作了33年的部队出版社在经历最严军改，军事文学出版陷入绝对低潮时，北岳文艺出版社主动邀我出版的一部诗集。我这么看重《金盔》的出版，一是那是地方出版社主动邀我出版的一部军旅诗集，说明我的军旅诗得到了一定范围，而且是超出军队读者圈的承认；二是出版一本军旅诗自选集，是包括我在内的许多军旅诗人梦寐以求的事；三是这本自选诗集不仅体现了我几十年的殷殷付出，同时也能看到我几十年来为军旅诗的成长和进步做出的努力，贡献的智慧。从这个意义上说，不问长短，我自己的诗自己都喜欢。

中华读书报：在《父亲是只坛子》《母亲在病床》等诗歌中，我看到了您的另一种风格。这些诗歌看得我热泪盈眶！您的诗歌，无论是写军人，还是写亲人，都饱含深情，击中读者的内心。

刘立云：这类亲情诗我写得不多，是因为害怕触动心里的隐痛。像我这样一个农民子弟，自己走得越远，每当回首往事，心里便越空，越有一种说出来别人会认为矫情的东西。因为过去的那个人还在往事中，你往前走了，过去的环境和包括你的亲人在内的社会还停留在那里，而命运这个东西不断提醒你现实有多么冷酷，多么让人不堪。这容易让你的诗与你这个人总是处在精神分裂状态，不怎么让人愉快。这样的东西我以后还会写，不过接下来怎么写，是我必须考虑和在乎的。有一点不可避免，就是人们常说的"欲戴王冠，必承其重"。

中华读书报：《烤蓝》是一部关注军旅人生勇毅品格的作品，您以多年来"在场"的审美视角，用独特的语言对战争、和平、历史及军旅人生进行一种深入的思考，让军旅诗在一种价值取向的观照下有了一个独特的精神品格。

刘立云：我将这本诗集取名为《烤蓝》，是因为军人所用的一切武器，无论是枪管还是炮管，在制造过程中，都必须经过烤蓝这道工序。这正应和着军人成长的历程。换句话说，军人的一生，其实就像我们的武器必须经过烈火烤蓝那样，始终都被烈火烤着。2010年，《烤蓝》获得第五届鲁迅文学奖，在鲁迅先生的故乡绍兴接受这项荣誉时，听到颁奖词是这样写的："（刘立云）把军人、军队、战争，用火焰般的词语表述出来，把命运、坚韧和错综复杂的情感表达得淋漓尽致。壮阔的诗句，惊涛拍岸，慷慨高歌，敲打出钢铁的声音。"我在心里长叹一声，说得多好啊，我的努力终于被认可了。

中华读书报：像《烤蓝》这样书写当代士兵真实生活和朴实情感的优秀诗歌，当代确实太少了。您愿意谈谈对当代诗歌的看法吗？

刘立云：军旅诗与整个诗坛虽说遵循着同样的创作规律，但它以其鲜明的战争背景和英勇献身的主题而独树一帜。特别是它独自享有的崇尚英雄的普世价值，使其他领域和题材的创作难以与它并驾齐驱。从这一点上说，用军旅诗来要求其他领域和题材的诗歌创作，或者反其道而行之，都不是科学的态度。说到对当代诗歌的看法，我觉得无论数量和质量，都达到了盛世年代的空前繁荣。跟任何国家比，任何朝代比，都毫不逊色。但新诗毕竟是外来物种，经过学者们的大量翻译和介绍，在中国获得广泛传播和普及，促使中国新诗发育和发展迅速，大有后来居上的势头。但是，当我们在过去几十年中走完别人用上百年走过的路，包括新诗在内的西方文化对我们的影响也在减弱。换句话说，同中国的现代化走到今天，必须以中国创造取代中国制造一样，中国诗歌也到了独辟蹊径的时候。因为我们自己走过的路，面临的时代，是崭新的，别人没有也不可能给我们提供破译的密码。唯有树立文化自信，积极破解中国政治和经济急剧发展的奥秘，中国新诗才有可能克服当下的同质化和碎片化，找到完全适合我们自己的道路，创作出有中国气派同时有世界水准的作品来。

（文章略有删改）